少女
【ショウジョジアン】
事案
The Pet Girl
on Augus
西条陽
Joyo Nishi
イラスト／ゆんみ
yunmi

Fumika Yukimi
雪見文香
――猫としてふるまう小学五年生。
「にゃ～、にゃあにゃあ」

「私、どうかしちゃったのかな？」
Tsukiko Kyouno
京野月子
——可燃性の高い女子高校生。
!?
Yukiji Natsume
夏目幸路
——どこにでもいる男子高校生。
「月子はなにもまちがってないよ」
…

「ねえ、夏目くんと付き合ってるの？
正直にいわないとこうだよ」
Yumi Shirase
白瀬由美
——夏目の憧れの人。

「そんな強くっ……
やっ……あっ……っ、
付き合ってない……」

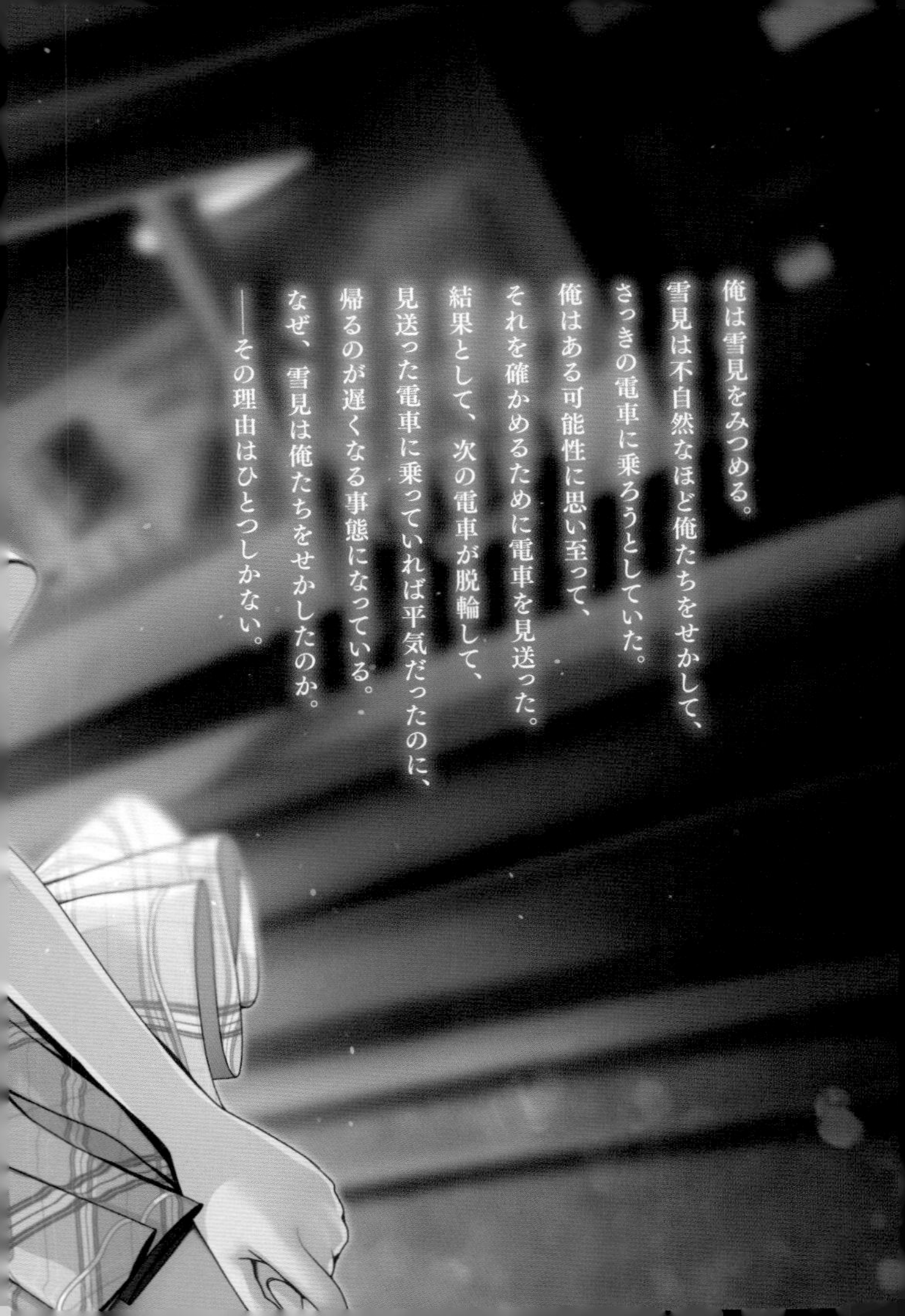
俺は雪見をみつめる。
雪見は不自然なほど俺たちをせかして、
さっきの電車に乗ろうとしていた。
俺はある可能性に思い至って、
それを確かめるために電車を見送った。
結果として、次の電車が脱輪して、
見送った電車に乗っていれば平気だったのに、
帰るのが遅くなる事態になっている。
なぜ、雪見は俺たちをせかしたのか。
――その理由はひとつしかない。

「夏目さんと月子さん好みの雪見文香でいたかったのになあ」

The Pet Girl on August

Contents

デザイン：鈴木 亨

少女事案
【ショウジョジアン】
炎上して敏感になる京野月子と
死の未来を猫として回避する雪見文香

第一章　ヘッドラインニュース

「なんで私があんたのために料理しなきゃいけないのよ」

京野月子《きょうのつきこ》がエプロンをつけながら、つんつんした態度でいう。長い黒髪と、凛々《りり》しい顔つきがトレードマークのクラスメイト。

夕方のことだ。

夏休みなんだけど、俺たちはけっこうな頻度で登校している。一学期に赤点をとってしまったため、補習があるからだ。

そしてその夏休みの補習のあと、月子が制服姿のまま俺の暮らすアパートのワンルームに、肉じゃがの材料を持ってやってきた。むこうから。勝手に。

「どうせひとり暮らしだからろくなもの食べてないんでしょ」

そういって部屋にあがり、料理の支度をはじめた。

そして、さも俺が無理やり彼女に料理をさせているかのようなテンションになって、すねた表情で包丁をトントン鳴らしながら野菜を刻んでいるのだった。

「ピンクのエプロンまで着させられるし」

「いや、それ自分で持ってきたやつ」

「どうせ、制服にエプロン、ぐへへ、とか思ってるんでしょ」

「そういう趣味はないかな～」

「私が恥ずかしい思いをしてるのになにも感じないなんて！」

「さてはこの会話正解ないやつだな！」

「ふん」

月子は黙々と切った野菜を鍋に入れていく。

俺がひとり暮らしをしているのは、父親が田舎に転勤になったからだ。通える高校が近くになくて、それならと生まれ育った市内に残った。家族で暮らしていた一軒家はひとりには広すぎるので引き払い、俺はアパートに下宿している。

自由気ままな生活だが、そこにけっこうな頻度で月子がくる。

「俺も手伝おうか？」

「いいよ。夏目《なつめ》は座ってて」

そういうので、俺はソファーに座ってテレビをつける。

なんともなしに流れるニュース。

政治家の汚職、小学生が行方《ゆくえ》不明、銀行強盗が逃走中、芸能人が不倫、博物館で大砲の歴史を展示中、新薬開発の発表が虚偽だった等、どれも興味がない。

俺が退屈していると、猫がソファーにあがってくるので頭をなでてやる。毛並みがいい。

「まさか夏目《なつめ》が猫飼うなんてね」

月子《つきこ》がいう。

「そういえばみるの初めてだっけ?」

「うん。前きたときにはいなかった」

「先週拾ったばかりだからな」

「捨てられてたの?」

「玄関の前にいたんだ」

あごの下をくすぐってやれば、猫は気持ちよさそうに目を細める。かわいいやつめ。

「名前は?」

「まだ決めてない。どうしようかな」

料理が完成して、運ばれてくる。月子と向かいあって肉じゃがを食べた。野菜が多めで、俺の健康を気づかってくれているのがわかる。

愛猫家《あいびょうか》の俺はちゃんと猫にもミルクを与えた。お皿にミルクを入れて床に置いてやれば、猫はペロペロとミルクを舐めて飲む。飲みおわるとひざの上にのって甘えてくるから、俺は肉じゃがを食べながらも片手で猫の頭をなでたりして、かわいがった。

食後はソファーにならんで映画をみた。ありふれたアクション映画。でもひとつひとつのアクションにユーモアがあって面白く、爽快だった。

ふと、月子の横顔をみて、クラスメイトの男子たちがいっていたことを思いだす。

『京野《きょうの》ってマジで美人だよな。付き合いて〜』

『バカ、お前じゃムリだって。それに、顔はいいけど性格きついぞ〜』

『いいって、いいって。怒られたいじゃん』

『意外とプライベートではしおらしかったりするんじゃないの〜？』

他愛ない男子の会話。

そして月子はそういう話題にあげられる女の子ということ。

今、そんな女の子と部屋にふたりきりだ。

白い肌と、薄いくちびる、切れ長の目、長い手足に、着やせしてるけど体育の授業でジャージ姿のとき、想像以上に胸があったことも印象に残っている。

月子とは小学校からの付き合いだ。幼い頃はなにも感じず、高校生になって女の子として意識するようになるってのが幼馴染みのパターンかもしれないけど、月子はそうじゃない。

月子は子供のころから大人びていて、いつも美人な女の子だった。初恋の女の子が月子っていう男子はけっこう多い。

「どうしたの？」

視線に気づいて、月子《つきこ》がこっちを向く。

「まだお腹《なか》減る？」

「いや」

一瞬その顔に見とれてしまったなんて思われたくないから、すぐに目をそらす。月子のつんつん態度には困ったものだが、俺もたいがいだ。

ごまかすように、猫をなで、話しかける。

「俺が学校いってるとき一匹で寂しくないか？」

にゃあ、と猫が鳴く。

「もう一匹いればいいのかな。でも多頭飼いは難しいっていうし」

小さな手をぎゅっと握ってみれば、また、にゃあと鳴く。さわられるのを極端に嫌う猫も多いという話だが、この猫は全然平気なようだ。

面白くなって、猫とじゃれあう。

そのうち、月子がつまらなそうな顔になり、ジトッとした目で猫をみるものだから、俺は猫を月子と反対側においた。

「ゲームでもする？」

俺がきくと、月子は、「は？」とヤンキーみたいな顔をする。

「え？　ちょっと待って。夏目《なつめ》が猫に夢中で、私がそれに嫉妬したみたいな流れ？　ないない

ないない。そういう感じにもってくのやめてくんない？　全然ちがうんだけど？　マジでムリ」

「いや、めっちゃ退屈そうな顔してたって」

「あんたの存在自体が退屈なんだって」

「いうわりに自分から遊びにくるよな」

「そういうことというわけ？」

痛いところを突かれて素直になる人間なんていない。

月子は、きっ、と俺をにらみながらいう。

「この部屋、燃やすわよ」

「物騒だな〜」

とかいいながらも、一緒に対戦ゲームをして遊んだ。俺が勝つと、「つまんない」。俺が負けると、「弱すぎて面白くない」。

とにかく俺にあたってくる。ちくちくつんつん娘。

で、俺がちょっとやり返そうとして肩を軽くパンチすると、すごい勢いの反撃がきて、やめろやめろといって、取っ組み合いになって、さすがに俺のほうが力が強いから月子を押し倒しておおいかぶさる感じになっちゃって、で、端正な顔が近くて俺は月子が美しい女の子であることを改めて認識させられて、少し緊張してしまう。

すると月子は急にしおらしくなって横を向く。

「こういう感じ、やだ」

そのときは本当に繊細な女の子の表情で、俺はごめんといってどく。

月子《つきこ》はしばらくすると元気になって、うん、夏目《なつめ》が全部わるい、といってすねた顔をしながら、生足で俺の背中をぐいぐい押してくる。

月子は不安定な女の子だ。

でも、こうなってしまったのは俺のせいだ。それを口にしたらきっと月子は、

『は？　なんで夏目のせいなわけ？　そうやって世界の悲しみは全部俺のせいだ〜みたいな顔して酔ってるのホントむかつく』

とかいうんだろうけど、それでもやっぱり、五年前のあのとき、あの夏の日に、俺が駆けつけていれば、と思ってしまう。

俺の家は、高校と月子の暮らす家のちょうど中間地点にある。月子はいまだにひとりで通学路を歩ききれない。だから中継地として俺のアパートで休憩しているというのが真実だった。

「家まで送ろうか？」

遅くなるといけないから、俺はいう。

「ううん、ひとりで帰る」

多分、彼女なりに努力しているのだろう。だから玄関で見送ることにした。

靴下に足をとおし、ローファーを履く月子。

まあ、商店街を抜けていくだけだから大丈夫だろう。しかし、今夜の月子はなかなか帰ろうとしない。玄関で靴を履いたまま立ち尽くして、もじもじしている。

「どうした?」

「いや、ちょっと……」

なにかいいたそうな顔のまま、むすっとしている。

月子はすごい角度でなにかしらぶっこんでくる傾向がある。まったく予想していないし、そんな気配をみじんも感じてこなかったが、ここで愛の告白ということもありうる。

そのときはこれまでつんつんされた仕返しに、めちゃめちゃもったいぶって、いじわるしてやろう、なんて思う。

けれど全然ちがっていた。

「あの猫のことなんだけどさ」

視線はソファーの上でくつろいでいる猫に注がれている。

「私の目がおかしいっていうか、頭がおかしくなっちゃったのかもしれないんだけど」

遠慮がち、かつ控えめな態度でいう。

「猫にみえないの……」

四つん這《ば》いで首輪もしているし、猫耳もしている。俺はちゃんとペットとしてかわいがっているし、猫もペットとして楽しそうにしている。でも——。

「私には小さな女の子にみえるの。私、どうかしちゃったのかな？」

そんなことはない。

「月子《つきこ》はなにもまちがってないよ」

なぜなら――。

俺が猫として飼っているのは、小学生の女の子だからだ。

さっき全国ニュースで流れていた、行方《ゆくえ》不明になっている女の子だ。

◇

すん、とした表情になった月子をまずソファーに座らせる。

状況をよくのみこめていないようだ。首をかしげながら、同じくソファーのとなりにいる猫をみている。まあ、俺が猫扱いしているだけで、誰がどうみても完全に人間の女子小学生なのだから戸惑うのも無理はない。

ちょうどニュースで例の事件についての特集がはじまる。

事件の内容を正確に表現するなら、女子小学生が行方不明になるというだけでは足りない。

センセーショナルな見出しは――。

『真夏の小学生チョコレート殺人事件』

夏休みに入って、すでに二人の犠牲者がでている。行方不明になって一週間後にみつかるというパターンで、また一人、つまり三人目の行方不明者がでていた。

テレビにその女の子の顔が映しだされる。

雪見文香《ゆきみふみか》。

とても利発そうな女の子。

行方不明になってから日数が経っているから、そのうち三人目の犠牲者となり、口のなかにチョコレートが詰め込まれた状態で発見されるというのがこれまでのパターンだ。悲痛な表情で目撃情報を呼びかけるアナウンサー。

そして、その女の子は首輪をつけて、ゴシックロリータのドレスを着て、この部屋にいる。

なんとなく状況を認識した月子がとったリアクションは――。

ギャン泣き。

「じんじられないぃっっっ！」

整った顔をくしゃくしゃにして、鼻水を垂らしながらわんわん泣きはじめる。

「私さあ、そりゃいつも夏目《なつめ》にキツいことといっぱいいってるよ？　でもさ、でもさ、本当のところはそんなひどいやつじゃないって思ってた。信じてた。なのにさ、なのにさ、こんなことしてるなんてさ」

「月子、落ち着いてくれ」

「ひどいよ夏目《なつめ》、ひどすぎるよ」

「ちがうんだ、これには事情が——」

「なにがちがうの!?　この子、行方《ゆくえ》不明になってる女の子だよね？　誘拐とか監禁とか、そういうやつだよね？　しかもペットにしてるなんて……人間のすることじゃないよ。さっきも私たちが食事してるときさあ——」

猫にもご飯をあげようということで、お皿にミルクを入れて床においた。つまり小学生女児が四つん這《ば》いになってお皿を舐めていたということだ。

「私がいないときも、ずっとこういうことしてるんでしょ？」

「うん、それはまあ、してる」

「あぁぁぁぁ！」

俺のことを現代社会の闇が生みだした怪物だと思って、悲鳴をあげる月子《つきこ》。

「ダメだ、雪見《ゆきみ》からもなにかいってやってくれ」

しかし。

「にゃ〜」

小学五年生の女の子、雪見文香《ふみか》は、育ちのよさそうな顔のまま、純真無垢《むく》な表情で猫として鳴きつづける。もちろん猫とは比喩で、かわいい人間の幼女が猫のふりをしているのである。

「うわぁ……」

ドン引きしながら俺をみる月子。

「調教済みなんだ……」

「ちがうから！」

「もう、私の手で夏目をヤるしか……」

「発想が極端なんだよ！」

「じゃあ、償お？　ちゃんと裁いてもらお？」

そういって泣きながらスマホをとりだす月子。あとは発信ボタンをおすだけ。なぜなら三桁で済むところにかけようとしているから。

「それは本当にまずいから！　おい雪見！」

そこで雪見がやっと人語を発する。

「月子さん、五階です」

「そうね。ちゃんと五階のこの部屋にきてもらうね」

「ちがう、誤解だ！　雪見も真面目《まじめ》にやれ！」

今にも通報されそうになってるのに最近の小学生は肝っ玉すわってんなあ！

「そうでした。五階じゃなくて誤解です。全部同意の上なんです」

「同意して猫と飼い主やってるの？」

「はい、そうです」

同意の上でやっているというのも、なんともいかがわしい。

「やむを得ない事情でこうしてるだけなんだ。俺が雪見《ゆきみ》を猫扱いして部屋で飼ってないと危険っていうか、説明が少し難しいんだけど……」

月子《つきこ》は冷たい目で俺をにらむ。

「やっぱ俺がいってもダメみたいだ。雪見、頼む」

「夏目《なつめ》さんのおっしゃるとおりなんです。むしろ私がお願いして、やってもらってるといいますか」

「洗脳されてる……」

「ちがいます。ちょっとしつけられてるだけです」

「え、なにいってんの？　誤解とこうとしてる場面でなにいってくれちゃってんの!?」

「だって、昨夜は夏目さんにとても怒られましたし」

「夜ふかししようとしてたからな～」

「お母さんみたいにあれも食べろこれも食べろとうるさいですし」

「俺、けっこうやさしくない？」

「床に転がされて、ぐるぐるまわされました！」

「ごっこ遊びがいきすぎることってあるじゃん～」

ぐるぐるして猫が喜ぶやつ。

「目がまわって大変だったんです！」

雪見はそういったあとで、真面目《まじめ》な顔になって月子に向きなおる。

「そういうわけで、なんやかんやありつつも月子さんが考えていらっしゃるような状況ではありません」

そういって説明をするが、

「雪見ちゃん、これまでずっと大変だったんだね」

と、月子は想像をふくらませて涙を流す。

「それはね、ストックホルム症候群っていうんだよ」

「おい、雪見はこの部屋で自分の心を捻《ね》じ曲《ま》げなきゃいけないほどの恐怖を感じたりしてない。むしろのびのびしてる。お母さんに禁止されてる深夜番組だってみれるんだ」

「大丈夫だよ。しばらくすればちゃんとこの男が最低最悪だってわかるようになるから」

月子は俺をなんだと思ってるんだという感じだが、まあ、たしかに状況だけみれば俺のやっていることは変質者のそれだ。

しかし、警察につかまったあと、困るのはむしろ雪見のほうだ。

だから雪見は、信じてもらえないかもしれませんけど、と前置きして、とても神妙な顔で月子にいう。

「私はどうしてもここで猫になっていないといけないんです」

もしそうしなければ――。

「八月三十一日に、私は死んでしまうんです」

雪見《ゆきみ》が切実にいうものだから、月子《つきこ》もさすがに話をきかなきゃという雰囲気になり、通報しようとタップ寸前だった指をとめる。

しかし、雪見のいっていることがうまく理解できないようで、戸惑った顔をする。当然だ。誰だってそうなる。だからこそ、このぎりぎりまで雪見はいおうとしなかったのだ。

「猫になってないと命がないから猫になっている……」

月子はじっくり考えるようにいう。

「なるほど、それなら仕方ないかもしれない……」

「え？　今のガバガバの説明で納得すんの？」

「え？　今、私のことバカっていった？」

「えぇ～めんどくさ～」

「私、バカじゃないから！」

月子は直情型で、通信簿に、落ち着いてよく考えるクセをつけましょう、と書かれていた。だからバカっていわれるのをイヤがるし、わからないことがあると、がんばって考えようとする。そして考えてもわからないので、そのまま難しい顔をしながら、「うん、そうかもしれない」と結局いわれたことをうのみにする。

簡単にいうとチョロい。

でも、おかげで今回は助かりそうだった。

「うん、そういう事情なら、そうなんだと思う。私はとても冷静に考えた」

うなずく月子。それをみて、雪見もホッとしたような顔をする。

「通報は頼むから勘弁してくれ」

俺はいう。

しかしそのとき、月子が眉を寄せて怪訝《けげん》な顔をする。

「雪見ちゃんをペットにしてるのは、やむにやまれぬ事情なのよね」

「ああ、そうだ。猫になってるってのが重要なんだ」

「だったら、その格好はなに？」

月子は、目を細めて雪見をみる。

雪見は猫耳カチューシャをつけて、首輪をしている。

「まあ、猫だし」

「服よ、服」

雪見は、フリルのついた黒のドレスを着ていた。丈の短いスカートに、ニーハイソックス。

完全なるロリータファッションといっていい。

「なんか、すごくいかがわしいんだけど」

そうかもしれない。高校生が小学生女児にそんな服を着せて、ひざにのせたりしているのだ。

「たしかに、この服は謎ですね」

雪見《ゆきみ》も自分の服をみながらいう。

「黒猫になるのなら、別にパーカーとかでもよかったわけですよね」

ふたりの視線が俺にむく。

まあ、その点に関していえば――。

「俺の趣味だ」

通報された。

◇

警察車両に乗せられている。でかいワゴンタイプだ。

通報されたあと、俺は月子《つきこ》にうながされてアパートの外にでた。

歩道でパトカーを待っていたら、ちょうど黒と白のワゴンタイプの警察車両が通りかかり、月子が手をあげて呼びとめたのだ。

通報済みで、俺を警察署まで連れていってほしいと月子は説明した。

「自首すれば罪は軽くなるから。私はドラマでみた」

通報はしたけれど、これは自首ですから、と月子《つきこ》は警察官に何度も念を押していた。

夜、高校生が家族でもない小学生を連れている。それだけで保護するには十分だった。

「月子、面会きてくれるよな？」

「ロリータコンプレックスの人はちょっと……」

「この正直者め」

こんな感じで月子に見送られ、雪見《ゆきみ》と一緒にワゴンの後部座席に乗ったのだった。

「やっぱ信じてもらえないよな」

俺はいう。

「猫になって飼われてないと死ぬ、なんてさ」

「え、月子さん、信じかけてましたよ？」

「あいつ、ちょっと頭がかたいんだよ〜」

「通報のきっかけは誰かさんの趣味のせいですよね!?」

「あ〜くそ〜！　あと少し、月子に自由な発想力があればな〜！」

「なんか腹立ちます！」

ちょっとおどけた感じになるが、すぐに雪見は神妙な顔になる。

「結局のところ、月子さんも最後までは信じてくれなかったと思います」

雪見がぽつりという。その横顔はとても寂し気だ。

俺は少し黙る。

窓の外を夜の景色が流れていく。エンジンの振動と走行音。車のなか独特の匂い。

「私が予知能力を持っていて、それで自分の死を予知してるなんて、誰も信じてくれるはずがないんです」

雪見は小さな手でスマホを握りしめながらいう。

画面にはニュースのヘッドラインが表示されている。なんの変哲もない検索エンジンのついた有名なサイト。けれど、よくみれば普通ではないところがひとつ。

日付が、明日になっているのだ。

俺は便宜上《べんぎじょう》、雪見の能力をそう呼んでいる。

『ヘッドライン予知』

初めて出会ったのは数日前のことだ。

その日も俺は夏休みの補習のため早起きした。こんなことなら赤点取らないように普段から勉強しとくんだった、なんて考えながら制服を着て部屋を出発したところ、アパートのエントランスで利発そうな女の子に声をかけられた。

「あなたに用があります！」

それが雪見だった。赤いランドセルを背負って、ショートカットで、かわいいキャラクターのソックスを履いていた。そして、小学生の頃の月子と少し似ていた。

「明日の天気は晴れです！」

雪見《ゆきみ》はそういいながら、スマホをみせてきた。今思えば、予知能力があることを証明したかったのだろう。でも、天気なんて晴れか曇りか雨の三つくらいしかないし、明日まで待たないと当たっているかもわからない。それにその時点で、明日の天気なんていわれても、ただの天気予報くらいにしか思わなかった。

「ふうん……」

俺のリアクションがいまいちなのをみて、雪見は「むむ」となった。

「ではこれでどうでしょう」

次にみせてきたのは、スポーツニュースで、サッカーの試合の結果だった。それは三日後、週末におこなわれる代表の試合結果だった。当然ニュースの日付も未来のものだ。

俺が思ったことは――。

「最近の小学生はすごいね」

ということだった。未来の日付で、有名なサイトを自作したと思ったのだ。

「ちがいます！」

雪見はばたばた足を踏み鳴らしながら声を大きくした。

「私は未来予知ができるんです。それがいいたいんです！」

「え？　じゃあ今、サッカーの結果ネタバレされたの？　え、ええ〜!!　ひどいだろ〜！」

「そんなことは些細《ささい》なことです！」

賢い彼女はちゃんと次の策を用意していた。

小さな指で画面をスクロールして、ニュースをどんどんさかのぼっていく。

雪見の手にはまだスマホは大きすぎるようにみえた。

「これならどうです！」

示したヘッドラインは速報の欄にあるものだった。

『登校中の学生に車両突っ込み怪我……』

ヘッドラインに付随する小さな文字をみれば、今日の午前八時過ぎに居眠り運転の車が登校中の高校生をふたり負傷させた、とのことだった。

今は七時五十五分。記事が正しければ、もうすぐこの事故が起きる。

画面には町名まで表示されていた。

高校の校区内だ。

「この記事のとおりなら、俺の高校の生徒が負傷することになる」

つまり、この記事で未来予知ができることを雪見は証明しようというのだ。

俺はスマホをタップして、記事の詳細をみようとする。けれど画面は動かなかった。

「すいません、ヘッドラインしかみれないんです」

「ニュースの見出ししかみれないってこと？」

みられるのはサイトの最初の画面だけ。つまり、ニュースのタイトルとそれに付随する冒頭の数行は小さな字でみられるが、それ以上はみられないというのだ。

事故の起きた住所、町名より先はニュースをタップして詳細を確認しないとわからないが、雪見《ゆきみ》のスマホではこの最初の画面から動けない。

ただ、こういう事故が起きそうな場所に心当たりはあった。

「歩道が狭くて、地元の人たちが危ないっていってる道がある」

ガードレールの設置を公約に掲げれば、すぐ市長に当選できるといわれている道だ。

「そこです！　いってみましょう！」

というので、半信半疑でいってみた。

到着したのは八時過ぎ。ちょうど遠くから赤い車が蛇行しながら走ってくるのがみえた。歩道にはおしゃべりに夢中の女子生徒がふたりいる。となりのクラスの子たちだ。たしかバドミントン部だった。ラケットケースを持っているから、部活の練習にいくところなのだろう。

車はすごいスピードで迫ってくる。

「ちょっと、君たち！」

俺が声をかけると、女子生徒が振り向く。

「え、誰？」

「夏目《なつめ》くんじゃん、となりのクラスの」

「ああ、いつも京野《きようの》さんにキツいことといわれて喜んでる――」

「どういう認識!?」

時間がないから、肩をつかんでふたりを引き寄せ、電信柱の陰まで連れていく。

「え、急にどうしたの？」

「私たちと仲良くしていいの～？　京野さんに怒られるよ～」

なんて軽口を叩《たた》くふたり。

でも次の瞬間、車が歩道に乗りあげ、女子ふたりが歩いていたところに突っ込んでいた。

「え、うそ……」

女子生徒ふたりは少しのあいだ呆然《ぼうぜん》としたあと、俺をみつめながらいった。

「夏目くん……ありがと……」

お礼をいって去っていくふたりは、心なしか頬を赤らめていた。ひとりは、「今度一緒に遊ぼうね」なんて目を伏せながらもじもじしていた。

この感じ、完全にあれじゃん。俺のこと好きじゃん。

「私があなたの前にあらわれた理由、おわかりいただけたでしょうか」

雪見がいい、俺は「ああ」と女の子ふたりの背中をみながらうなずく。

「俺に彼女ができるよう、未来からやってきてくれたんだな」

「全然ちがいます」

そういって雪見《ゆきみ》はまたスマホの画面をみせてきた。

未来の日付、八月三十一日のヘッドラインだ。

俺のスマホの表示は八月十七日、つまりそれはちょうど二週間後ということになる。

その日に起きる出来事は――。


『行方不明女児、雪見文香ちゃん(11)を遺体で発見――』

◇

交通事故を防いだ十七日の朝、俺は学校にいかず、公園にいた。話をするためだ。

雪見からの説明を要約するとこうだ。

ヘッドライン予知は未来に起きる出来事を表示する。

そして、その予知はなんらかのアクションで変えることができる。さっき、となりのクラスの女子ふたりを助けることができたように。

「でも、今のところどんなことをしても私は自分の死の予知を変えることができないんです」

雪見はこの能力をずいぶん前から持っていて、様々な検証は完了しているらしかった。

「例えば同じ八月三十一日のヘッドラインをみてみましょう。博物館で開催されている『大砲の歴史展』、この展示物が壊されたというニュースがあります」

「やっぱり場所を変えないか？　平日の昼間から公園のブランコで小学生とならんでいるのは絵面《えづら》がよくない気が――」

「事前に私が博物館に連絡して警備を増やしてもらったとします。するとこのヘッドラインは消えるわけです」

「俺の話きいてる？」

「まあ、今回はスルーです。博物館の展示物が壊れるだけで、誰かが負傷するとかそういう感じでもないですしね」

いずれにせよ未来は変えられるんです、と雪見はつづける。

「だから私は自分の死の予知を消すべく動きました」

親に頼んで部屋に鍵をつけてもらったり、防犯ブザーや痴漢撃退スプレーをいっぱい買ったりしたらしい。

「でもヘッドラインは消えません。おそらく〝正解の行動〟ができてないんです」

けれど、みてください。

そういってスマホを差しだしてくる。八月三十一日のヘッドラインの文字がゆらゆらと不安定にゆれていた。

「夏目《なつめ》さんに近づくとこうなるんです。つまり、あなたがこのヘッドラインを消すための鍵なんです」

「え、もしかして俺が犯人ってこと？」

「その可能性は最初に考えました」

雪見《ゆきみ》はヘッドラインを消すための手がかりを探して街を歩き回り、近づくと文字がゆれる俺をみつけた。そしてまず犯人の可能性を疑った。そのときすでに、チョコレート殺人事件のふたり目の被害者が行方《ゆくえ》不明になっていたからだ。

「昨夜、あなたはどこにいましたか？」

「えっと……そうだ、ゲーセンでゲームをしていた」

「あなたがボケっとした顔でクレーンゲームをしているとき、私はうしろで唐辛子スプレーを構えてました」

眼球に直接噴射し、さらにスマホを片手に通報しようとしていたという。

「俺の身にそんな危険が迫っていたなんて……」

「夏目《なつめ》さんが当たり前だと思っている日常は、いともたやすく破壊される儚《はかな》いものなんです」

「こわ〜」

雪見は俺をやっつけようとした。しかしやらなかった。

なぜならスプレーを構えたとき、ヘッドラインの文字が消えるどころか、ゆれなくなり、よりしっかりとしたものになってしまったからだ。

「つまり、夏目さんを再起不能にすると、私の死が確定してしまうと考えられるわけです」

「え？　俺、再起不能にさせられそうになってたの⁉」

「まあ、それはいいじゃないですか。大事なことは夏目さんのそばにいると私の死の予知がゆらぎはじめるということです」

助かるための鍵、もしくはお守り。

俺のことをそうみているのだという。

「なので、私に協力してください」

そう、いうのだった。

ヘッドラインを読めば、雪見の死は真夏の小学生チョコレート殺人事件の一環としてもたらされる。どういう理屈かはわからないが、俺と一緒にいると助かる可能性がでてくる。

ということで、まずはふたりでヘッドラインを消すためにいろいろとやってみた。

そのなかに〝正解の行動〟があれば、雪見の死の予知は消えるかもしれない。

まず試してみたのは警察だった。連続殺人事件の犯人に狙われるかもしれないと窓口で訴えたが、市内に小学生は山ほどいるのに、ひとりだけを保護できないといわれた。当然だろう。

そしてふたりで警察署のなかにいても、ヘッドラインは変わらなかった。そもそも警察や学校の先生への相談はすでに雪見が試みたあとだったし、それに、警察も学校も最初から生徒を守ろうと躍起になっている。

きっと正解の行動はそれら以外の別の要素なのだ。

ヘッドラインの文字が俺に反応してゆれたことを考えると、俺特有の事情が関与するということが考えられた。

「夏目《なつめ》さんの家に隠れてみるというのはどうでしょう？」

試してみる価値はあるように思えた。

そして部屋に入ってみれば、ヘッドラインがぐらぐらしはじめた。そのあとは完全に消すためになにが必要か順に試していった。

息を潜めてみる、布団を頭からかぶってみる、お風呂のなかに身を隠してふたをしてみる、様々試したが、唯一、ヘッドラインが完全に消えたのが猫になることだった。

因果関係はわからない。

いずれにせよ、必要なのは結果だった。

「雪見《ゆきみ》は猫になって隠れているといい」

俺はいった。

「そのあいだに、俺が犯人をつかまえる」

「なんで夏目さんがつかまえるんですか？　そこは警察にお任せしてもいいのでは？」

「まあ、そこはほら、ちょっとね」

ということになり、猫耳カチューシャと首輪を買い、さらに俺の趣味でゴスロリファッションもそろえ、最高にかわいい猫を部屋で飼うことになった。

しかし——。

計画は失敗してしまった。

事情を知らない月子《つきこ》によって通報され、俺たちは今、警察のワゴン車のなかにいる。

窓の外を夜の景色が流れていく。

「ヘッドライン、またあらわれてしまいました……」

雪見がいう。

スマホをみれば、八月三十一日に雪見の遺体がみつかるヘッドラインがまた表示されていた。これを消すには早く俺の部屋に戻って猫にならなければならない。しかし、現状ではそれが難しい。

未成年者の誘拐は本人の同意があったとしても罪になる。つまり、数日にわたって部屋に一緒にいた俺はまちがいなく長いあいだ警察のお世話になる。

俺と雪見が出会ったのが八月十七日、そこから猫と飼い主として四日過ごしたから今日が八月二十一日。三十一日まであと十日。

「警察に捕まったら、夏目さんは私と一緒にいれませんよね？」

「ああ」

「私も親のところに返されますし、猫になってなんていられませんよね」

「そうだな」

「月子《つきこ》さんを家にあげたのが失敗だったんじゃないですか？　こうなるって、なんとなく思ってました。信じてくれるはずないですし……」

たしかに予知なんてものを信じるのは難しい。雪見《ゆきみ》は能力を手に入れてから何件も予知が実現した経験があるから、切迫した危機感を持っている。でも俺は一件、交通事故を経験しただけだ。さすがに殺人事件はちがうんじゃない？　とまだ疑うこともできる。

でも——。

「少なくとも、月子は雪見の味方になると思う」

「そうでしょうか」

「俺がヘッドラインを消すための鍵になっているというのなら、それは、雪見を月子に会わせるという役割かもしれない」

「どういうことでしょう？」

首をかしげる雪見。俺は説明しようとする。でも——。

「その前に、俺たちピンチかもしれない」

「え？」

「このワゴン、警察の車じゃない」

運転席と助手席、真ん中の列のシート、あわせて四人、制服警官の格好をした男たちがいる。そいつらが俺の言葉をきいて少し笑う。

「じゃあ、俺たちはなんだというんだ?」

ひとり笑わなかった助手席の男がいう。

俺は確信を持ってこたえる。


「逃走中の銀行強盗」

◇

夕方のニュースで、銀行強盗が逃走中だと報道されていた。

普通、そんなのすぐつかまる。でも彼らはワゴン車を警察車両に偽装することで、それを達成しようとしているようだった。頭を使っている。

そして月子はそんなニセの警察車両を本物だと思って呼び止めてしまったらしい。

「いやあ、ビビったわ」

強盗たちはへらへら笑いながら会話する。

「いきなり車道にでてきて手をあげるんだもんなあ」

「おかげで親切なお巡りさん演じちゃったよ～」

「なんで俺らが偽物ってわかったわけ？」

きかれて、小さい頃、警察署の近くに住んでいたことを話す。よく子供向けに署内の見学や、パトカーに乗せてくれるイベントがおこなわれていた。

「ワゴンタイプの警察車両は護送車か、機動隊用がほとんどだ。なのに、あなたたちは普通の制服警官の格好をしている」

「なるほど」

助手席の冷たい表情の男がいう。

「今度からは気をつけよう」

態度からして、どうやら彼がリーダーのようだった。理性的で、ストイックな顔つきをしている。そして、彼らが警官でないとわかったのは、警察に関する知識だけではない。どちらかというとそれは後付けの説明だ。

雪見《ゆきみ》の顔をみてもなにも反応しなかった。

市内の警察関係者なら行方《ゆくえ》不明女児のことは必ず知っているはずだし、連日連夜、テレビはこればかり報道している。つまり、この人たちは警察の格好をしているだけの、世間に関心を持たない種類の人間ということだ。

しかし気づくのが遅かった。

車はすでに高速道路にのっていた。彼らが強盗だと気づいたところで、銃を突きつけられ、スマホも取りあげられてしまった。

「ちゃんと、どこかで降ろしてやるからな」

リーダーの男は、静かにそういった。

独特の緊張感のなか、車はどんどん進んでいく。

「……絶対降ろす気ないですよね」

雪見が小さな声で話しかけてくる。

「多分、生きてるうちはな」

やがて車は港の倉庫街に到着した。

暗くて、当然ひとけもない。船の汽笛の音が遠くにきこえる。

静まり返った車内、四人の男たちの顔は同じ人間のものとは思えなかった。無機質で、底のみえない井戸のようだった。

真ん中のシート、ひとりがナイフ、もうひとりが銃をひっそりと手にしている。

彼らの正体を知ってしまった俺たちを、おそらくこの車ごと海に沈めるつもりなのだろう。

雪見が俺の腕にしがみついてくる。

「大丈夫だ」

俺は雪見の頭を抱きしめる。

「大丈夫じゃないです」

そういって、体を震わせる。

「私、銀行強盗のヘッドラインもみたんです」

明日の日付のヘッドラインをすでにみていたらしい。

「逃走車両は爆発炎上した状態で発見されます。きっと、私たちは殺されて、証拠隠滅に燃やされてしまうんです」

「この車、燃えるのか」

「はい」

「じゃあ、助かるかもしれない」

「え?」

「いや、炎がからんでるならきっと助かる」

「どういうことですか?」

話しているうちに、ナイフを持った男が、後部座席に身をのりだしてくる。

俺は雪見《ゆきみ》を抱きしめる。その瞬間だった。

体がサイドウインドウに叩《たた》きつけられていた。つづいて背中を天井に、そして反対側のサイドウインドウを転がり、体中を打ちつけながら、シートに戻ってくる。

すごい衝撃だった。

なにが起きたのかわからなかったが、遅れて理解する。車に対して横からすごい力が加わり、はじけ飛び、車体が一回転したのだ。

「いって〜！」

体中に走る痛み。俺は腕のなかの雪見をみる。衝撃がきた瞬間、咄嗟《とっさ》に抱きしめたのだ。

「雪見、大丈夫か？」

「は、はい」

夏目《なつめ》さんが抱きしめてくれたので、という雪見。

「ていうか今のなんですか!?」

雪見だけでなく、車内にいる銀行強盗たちも混乱していた。

「なにが起きた!?　サツか？」

「おい、ドアが開かねえぞ！」

「反対からでろ、反対から！」

銀行強盗たちがあわてて外にでる。

「こいつらも連れてくぞ！」

ナイフを突きつけられ、外に引っ張りだされる。不慮の事態が起きて、俺と雪見は人質という扱いになったらしい。

「なんだこれ!?」

強盗のひとりが驚きの声をあげる。

みれば、車の片面が真っ黒に焦げていた。そしてその車から、燃え盛る炎が、ひとすじの道をつくっている。

視線を地面に這《は》わせ、ゆらめく炎を追う。その炎の先には、人影があった。

まっすぐな背すじ、射貫くような瞳。

月子《つきこ》だ。

◇

港の倉庫街、いわゆる埠頭《ふとう》。

波の音と潮の香り。そして夏の夜のむっとする暑さ。

誰の邪魔も入らない、世間から隔絶したこの場所で、月子は強盗たちと西部劇の決闘でもするかのように、向かいあっていた。ちなみに俺と雪見《ゆきみ》はナイフを突きつけられて泣きそうになっている。

「生まれて初めて『前の車を追ってください』ってタクシーの運転手さんにいったわ」

月子はそこでむすっとした表情になる。

「恥ずかしかったから、二度としたくない」

銀行強盗たちは、「なんだあの女は?」という空気になっている。

「知り合いか?」

俺にナイフを突きつけている男がいう。

「そんな感じです」

「少年探偵団のつもりか? 俺らの計画ジャマしやがって」

この強盗の計画は緻密に練られたものらしかった。時間、逃走ルート、通報までの時間。

そして、警官の制服は本物なのだそうだ。

『服は象徴だ。自己表現でもあり、社会的なアイコンでもある。学生服、白衣、そして警察の制服。自分がなにものかを示すためのある種の身分証であり、人はそれをたやすく信じる』

それが銀行強盗のリーダーが車内で語った、今回の計画のアイディアのコアだった。

自分でひらめいたアイディアって、愛着がわく。そんなアイディアが俺たちにめちゃくちゃにされて、腹を立てているようだった。

しかも——。

「え? ニセモノ警官なの?」

月子《つきこ》が驚いた顔でいう。それに俺が驚く。

「え? 気づかずに追いかけてきたの?」

「私は……最後にもう一回だけ信じてみようかなって……猫になってないと死ぬってやつ……だから警察に捕まったら、猫になれないだろうし……やっぱ連れて帰らなきゃって……」

俺はベコベコにへこんだワゴン車をみる。

「本物と思ってた警察相手にこれやるんだ……」

「いや、それは……なんか、本物の警察が港に連れてくわけないとかいろいろちゃんとわかってたというか……」

そこで月子は悔しそうな顔をして、しぼりだすようにいう。

「私は……冷静に考えた！」

なにも考えてないだろ、絶対。

「お前、なにしやがった」

俺にナイフを突きつけている男が怒りをあらわにする。

「おい」

リーダー格の男がいう。

「学校じゃ教えてくれない世界があるって教えてやれ」

その指示で、ひとりが月子のほうに向かっていく。

「やっぱ男とガキよりこっちがいいよなあ」

薄ら笑い。ビジュアルのいい女子高生を前にして、車が一回転させられたことを忘れている。そして月子はそういった下品な欲望に敏感だ。目つきがきつくなる。普段からきついわけではあるけれど。

「大人しくしろよ。お前は殺さねえからよ」

ナイフを突きつける男。

そのナイフを、月子《つきこ》はためらいなく素手でつかんでいた。

この場全体に、「え?」という戸惑いの空気が満ちる。しかし月子の手が傷つき、血が流れることはなかった。

「なんだよ、これ!」

男が驚きの声をあげる。

ナイフの刃が、溶けてしまっていた。溶岩のような液体になり、月子の手のなかから地面に落ち、白い蒸気をあげる。

驚く男をしりめに、月子は姿勢を低くして、男の腹に向かって手のひらをかざす。

一秒にも満たないわずかな時間、月子の髪と瞳が赤くなり、すぐ黒髪に戻る。

そして静寂。

みれば、月子の手のひらに炎がくすぶっている。

次の瞬間、大気を震わせる衝撃とともに、男の体が吹っ飛んでいた。二十メートルほど先の倉庫の壁に叩《たた》きつけられる。焦げた臭い。

月子がゆっくりと近づいてくる。

「撃て、撃て!」

沈着冷静な顔をしていたリーダーが、残ったふたりに向かって少しあわてながらいう。俺を拘束していたやつが、俺を突き飛ばし、拳銃を持って月子に向かっていく。もうひとりは散弾銃を持っている。銀行強盗で使ったものだろう。

断続的な銃声、夜闇のなか明滅する視界。

しかし――。

銃弾が月子に届くことはなかった。月子のまわりで、火の粉が散っている。空中で、全て燃え尽きているのだ。

「夏目《なつめ》さん、これって……」

驚きながらそれをみつめる雪見《ゆきみ》。

そうだ。

「雪見に予知ができるように、月子にも特別な力がある。火炎放射能力《パイロキネシス》。その力の根源はおそらく同じだ」

二〇〇〇年代初頭、アメリカである調査がおこなわれた。対象は、手をふれずに物を動かせるとか、人の考えていることがわかるとか、いわゆる超能力を持つ人たち。

調査の結果、そういった人たちのおよそ九割が、幼少期になんらかのつらい経験をしていた。

心的外傷にともなう、代償としての天才性《サヴァン》の獲得。

レポートのなかで、その症状には名前がつけられた。

トラウマ・サヴァン・シンドローム。

日本では『代償能力』と翻訳されている。月子《つきこ》はその能力者のひとりだ。

「月子は考えるのが苦手だ。でも最後は雪見《ゆきみ》の予知を信じるし、守ろうとするって思ってた。なんせ、自分と同じだから」

「そうだったんですね……」

しゃべっているうちに、月子はどんどん片付けていく。拳銃を持っているやつにはさっきと同じ、炎を凝縮した衝撃波で体を吹っ飛ばして夜空を舞わせ、散弾銃のやつには特大の火球をお見舞いした。男は服を燃やしながら、あわてて海に飛び込んでいった。

「お前、こっちにこい！」

最後に残ったリーダーが、雪見に拳銃を突きつけようとして、俺は雪見をかばおうとして抱きしめて、雪見は俺に抱きついて、雪見を抱きしめた俺をリーダーの男が背後から羽交い締めにし、俺の頭に銃を突きつけるという謎の状況が完成する。

「う、うえぇぇ〜？」

月子が難しい数学の問題にあたったときと同じ顔をする。

「なんか、お団子みたいになってて……わけわかんない……」

たしかにそうかもしれない。とりあえず雪見は俺から離れていい。

「おい、こいつら殺すぞ」

リーダーの男がいう。

「は？」

月子が怒りの表情を浮かべる。

瞬間、轟音《ごうおん》と共に地面が揺れた。ベコベコになったワゴン車の下から巨大な火柱が立ったのだ。

車は火だるまになって宙を舞い、たっぷり火の粉と灰をまき散らしながら落ちてくる。

地面に衝突し、機械がプレスマシンに潰されたような音を立てる。

「お、おい、それをやめろっていってんだ！　俺は本当に殺《や》るぞ！」

リーダーがいって、俺のこめかみに銃を突きつける。

「ふうん、そう」

月子はゆっくりと右腕をあげ、手を鉄砲の形にして、俺たちのほうに向ける。

「じゃあ、どっちが速いか、やってみようよ」

人差指に炎がともり、渦を巻きはじめる。

「やめろ！」

リーダーの男がいう。

「やめてほしいかも！」

俺もいう。

「やめたほうがいいんじゃないかと私も思います！」

雪見《ゆきみ》が俺の腕のなかからいう。

しかし雪見がその言葉の全てをいい終わるよりも前に、俺の顔の真横を、高速で質量のある物体が通過していた。プロ野球選手のストレートが耳の横を通過したらこんな気持ちになるかもしれない。

おそるおそる後ろをみれば、リーダーの男が仰向けになって倒れていた。髪の焼けた臭いがする。顔に当たったようだ。その顔面をみる気にはなれなかった。

「俺たちに当たったらどうするんだよ……」

「私、ちゃんと考えたもん」

月子《つきこ》は自慢げにいう。

「雪見ちゃんは八月三十一日に死ぬって予知があるんでしょ？　じゃあ、それまではなにがあっても死なないってことだもん」

「俺、含まれてないじゃん……耳のはしっこ、ちょっと焦げてるんだけど」

あと小学生なら死んじまうくらいの威力の火球なんて撃つんじゃないよ、って思う。

「月子さんにも、こういう能力あるんですね」

雪見がいって、「まあね」と月子がうなずく。

「多分、偶然じゃないよ」

「え？」

「夏目《なつめ》が雪見ちゃんの予知にかかわってるの、偶然じゃない。きっと夏目は雪見ちゃんを助ける。だって夏目は――」

しかし月子は、「その話はあとで」といって俺のほうに向きなおる。

「それより、今は帰ろうよ……」

体をむずむずさせながら、悔しそうな顔で俺のシャツの袖をつまむ。

「能力、使いすぎたから……体が……熱くて……」

◇

三人で、アパートに戻った。

電車とバスを乗り継いでいるときはまるでピクニックにいった帰りみたいだった。ちょっとつかれて、早く家に帰りたいって感じのテンション。

銀行強盗のことを警察に通報したりはしなかった。俺たち、というか月子もやりすぎていたし、説明するのも難しいし、なにより雪見がみつかるわけにはいかなかった。彼女は俺の部屋で猫になっていないといけないのだ。

部屋につき、雪見はさっそく猫として、「水浴びしてきます」といってシャワーを浴びた。

てくる。


雪見《ゆきみ》は水をいやがらない、とても賢い猫なのだ。

しばらくすると雪見が、黒猫の着ぐるみパジャマ姿になって、濡れた髪のまま洗面所からでてくる。

俺は面倒見のいい飼い主として雪見をソファーにちょこんと座らせ、濡れた髪をドライヤーできっちり乾かしていく。髪の毛が細い。雪見はまだ子猫なのだ。

「え、毎日こんな感じなの?」

横でみていた月子《つきこ》がいう。

「猫と飼い主だからな」

「なんか……すごくいかがわしいんだけど……」

ジトっとした目でみつめてくる。いつもならもっとなにかいうところだが、今夜の月子はおとなしかった。

不機嫌そうな顔をしながらも、ほんのり頬を赤く染め、内ももをすりあわせている。

「月子さん、自宅に帰らないんですか?」

湯上がり卵肌になった雪見がきく。

「うん。友だちの家に泊まるって連絡いれた」

とても不本意である、という表情で月子はこたえる。

「ということだから、私もシャワー浴びてくる」

　そういって、押し入れのなかにある、俺がさわることを許されていない月子専用収納ケースから着替えをとりだすと、俺をきっ、とにらんでから洗面所へと向かっていった。俺をにらんだのは完全に八つ当たりだ。

「夏目《なつめ》さんと月子さんって、恋人ではないんですよね？」

「ああ」

「じゃあなんで月子さんのお泊まりセットがこの部屋にあるんですか？」

「それは、なんていうんだろうな」

　俺は雪見が子猫であることに配慮して少し言葉を選ぶ。

「雪見も予知能力を使うと副作用があるだろ」

「ありますね」

　トラウマ・サヴァン・シンドローム。

　幼少期のつらい経験の代償として超能力を手に入れる現象。そして、どのケースにおいても、その代償能力の使用にはなんらかの副作用がともなった。

「私の場合はクローゼットのなかでしか眠ることができません」

　俺の部屋では、いつも押し入れのなかで寝ている。ベッドなんかのちゃんとした空間では、どんなに眠くても眠れないらしい。ヘッドライン予知に目覚めた当時は、どこなら眠れるかがわからず、一週間も起きつづけてかなり追い込まれたらしい。

　そして能力の使用にともなう副作用は、個人によってちがっている。

「なるほど、月子《つきこ》さんはさきほど能力を使いました。その副作用のために、お泊まりセットがあるということですね？」

「そういうこと」

「でも、いまいちつながりがわかりません。なんでお泊まりセットなんですか？」

「まあ、いいじゃないか」

　それより、と俺はいう。

「あんまり言葉を話してると、また予知があらわれるぞ」

「にゃ～」

　猫になりきる雪見《ゆきみ》。因果関係はわからないが、雪見の死を回避する正解の行動は、今のところこれしかないのだ。

「にゃ～にゃ～にゃ～」

　黒猫がじゃれついてくる。俺は猫の頭をなでたり、のどをごろごろしてやったり、床でのびたところを、手をつかんでぐるぐるまわしたりした。黒猫は目をまわしながら、「にゃ！　にゃ！　にゃ！　にゃ！」と喜んでいた。

　そのうちに月子がシャワーからでてくる。

　タイトなTシャツと、ショートパンツ。布が張った胸元、白い二の腕と太もも、どこをみても目のやり場に困る。

月子は火照《ほて》った顔のまま髪を乾かし、歯を磨く。息が荒く、つらそうで、もう余裕がないようだった。

「そろそろ寝よう」

俺は雪見に押し入れに入って寝るよううながす。

「今日は朝まで押し入れからでてきちゃダメだからな」

「え、なんでですか?」

「なんでも」

「まあ、いいですけど。私、一回寝たら起きないタイプなんで」

そういって雪見は押し入れの上の段、いつも寝ているところに入っていく。意外と寝心地がよさそうだ。

けれど一生このままというのはつらいかもしれない。普段からちゃんとした場所で寝ることが許されず、旅行にいっても、ホテルのベッドで眠ることもできないのだから。

これはきっと予知能力を使うことの代償だ。代償能力とはうまくいったものだ。トラウマ的な経験の代償として能力を手に入れ、さらにその使用にも代償がいる。

彼女たちは代償を払いつづける。

そして今夜、月子も火炎放射能力を使った。

「夏目《なつめ》ぇ……」

雪見《ゆきみ》がふすまを閉じたところで、月子《つきこ》が俺の服のそでをつまんでくる。

代償能力の副作用は個人によってちがう。

月子の場合は――。

理性を失うほどの激しい発情だった。

◇

部屋の電気を消し、ひとり用のベッドに月子とならんで寝ている。

月子は俺に背を向けていた。

明らかに今夜、月子は能力を使いすぎた。その反動はすさまじいはずなのだが、俺からさわると、「がっつきすぎ！　そういうのじゃないじゃん！」と怒ることが目にみえている。

そういうのじゃない、というのはつまり「これからやることはあくまで副作用を鎮めるための行為で、互いにそれ以上の感情は持っていない」という建前だ。そのため、俺は手でさわる以上のことを許されていない。

そんな殺生な、と思うが、とにかく月子はめんどくさい女の子なのだ。

なんて考えていると、月子の背中からだんだん怒りの空気が伝わってくる。早くさわれ、というメッセージ。

「いや、でも絶対怒るだろ」

「………」

月子は無言のまま、足を後ろにだして、かかとで俺のすねを蹴ってくる。さわってほしいけど、自分から求めるのは絶対にイヤという超わがまま淑女スタンス。

仕方なく、俺は背中から月子に抱きつき胸をさわる。

瞬間──。

「がっつきすぎ！」

わき腹を肘うちされる。

「いや～、理不尽すぎない？」

「だって、いきなりそんなところ……さわりかたも……え……っちすぎ！」

「このあいだは、作業的にさっさと終わらせろって怒ったじゃん」

「ちゃんと段階ふんで」

「ええ～」

いろいろといいたいことはあるが、まあ、副作用状態の月子はよわよわなので、いわれたとおりまずは後ろから抱きしめるだけにする。

「あっ……」

それだけで月子《つきこ》は湿った吐息を漏らす。体を密着させ、肩をなでるだけで、体温がどんどんあがっていく。Tシャツにショートパンツの月子は、もう着やせしていない。やわらかい体。

「恥ずかしい……」

そういうので、布団を頭からかぶる。

そして月子の白くやわらかい二の腕と太ももをさわる。

「あっ……やっ……」

月子は体を震わせながら、枕に顔を押しつけ、ふー、ふー、と息を荒くする。俺が首すじをなでると、それだけで背中を反らせ、声にならない声をあげる。

そのうち、月子は背後にいる俺のほうに、無言で下半身を押しつけはじめる。

月子のしてほしいことはわかる。

彼女は副作用で、もう我慢できないのだ。

しかし、こちらも理不尽肘うちをくらってるので、知らん顔しながら、背中や体の輪郭を指でなぞるだけで、それ以上のことはしない。

すると、月子が枕から顔をあげていう。

「なんで……なんでいじわるするの?」

不機嫌そうな顔をしているが、ツンツン娘の牙城はすぐにでも崩れそうだ。クラスメイトの男子たちが毎晩妄想している、ツンツンの先にあるトロトロはもうすぐそこだ。

「……さわってよ」

月子はすねた顔でいう。俺は逆に手をとめる。

「……さ、さわってよぉぉ」

子供がおねだりするような感じ。俺はまだなにもしない。

「……さわって……くだ……さい……」

悔しそうな顔をしながら、消え入りそうな声でいう。俺は後ろから抱きつき、月子の足のあいだに手を入れ、胸にもふれた。

「うあぁっ！　だめぇっ！」

服の上からふれただけで、月子は体を大きく痙攣させる。

「頼まれたからさわったのにダメはないだろ〜」

「あっ……やっ……だって……だってぇ……」

俺の腕のなかでもだえる月子。

「これ、ただの作業なんだから………変な気っ……起こさないでよ」

「いつもそういうけどさあ、俺だって男だよ」

「我慢しなさい、よっ……」

指の先に、湿ったものを感じる。下着と、さらにはショートパンツまで突き抜けるほどに濡れている。こんな状況で、ずっと冷静でなんていられない。

月子《つきこ》もそれをわかっているから、口ではああいうけど、ある程度自由にさせてくれる。

「体、みたいかも」

「仕方ないわ……ね……あっ……」

月子は自分から、Tシャツとショートパンツを脱ぐ。

俺はふたりでかぶっていた布団をベッドの下に落とす。

「ばかっ！」

恥ずかしそうに体を小さくする月子。

月子の体は美しかった。すらりと伸びる手足に、なめらかな肌。そして下着はリボンがついてかわいらしい。月子は俺にさわってもらうとき、必ず新しい下着を用意するし、今も体からフローラルな石鹸の香りがする。

こういう部分においては、めちゃくちゃ繊細な女の子なのだ。そして意外と従順だったりする。ころんと体を転がすと、ちゃんとあお向けになって、胸のあたりを隠していた手をみずからどける。

俺は月子の体に覆いかぶさり、胸をさわり、内ももをさわる。月子がすねたような、物欲しそうな顔をするから、俺は彼女の背中に手をまわし、胸を隠していた下着をとりはらった。

あらわになる月子のふくらみ、その先端は天井にむかって屹立《きつりつ》していた。

俺は思わず手を伸ばす。

「そんなっ……いきなりっ……」

汗ばんだ肌、やわらかい感触とほどよい手ごたえ、そして身もだえする月子《つきこ》。

もっといろんな顔がみたい。

そこで俺は「はっ」と我に返る。そうだ、これはあくまで月子の副作用を抑えるための行為なのだ。冷静ではいられないがあまりに興奮するのもどうかという場面だ。

なんていろいろ考えながらも、月子の下半身の下着に目がいってしまう。

濡れて、色が変わっている。

なまめかしくて、下着のあいだに指を滑りこませる。

そこは熱く、とろとろになっていた。

指を動かせば、水音が立つ。

「恥ずかしくしないでよぉ……お願い、恥ずかしくしないで……」

真っ赤になった顔を両手でおおいながらも、腰を浮かせる月子。

もう、ツンツンさはゼロだ。ただの月子。ただの発情娘。

かわいいじゃないか。

俺はうぉぉぉぉ、月子、うおぉぉぉぉという気持ちになって、うおぉぉぉしつづけた。

月子は何度も体を跳ねあげ、何度も達する。

気づけば俺たちは汗だくで抱きあっている。月子の開いた足のあいだに、俺が入って、上から覆いかぶさっているような格好。完全にそういう態勢。でも――。

「ダメだからね……それは絶対、ダメだからね」

月子は腰を浮かせ、下腹部を俺のそこに強く押し当てながらそんなことをいう。

互いに額をつけ、しゃべれば吐息がかかる距離。でも――。

「キスもダメ……しちゃダメ」

「いや、月子のほうからめっちゃ近づいてきてるじゃん」

「でもダメなの……ダメなのぉ……」

ダメという月子が顔を近づけてきて、俺が背中を反らして逃げる構図。

わけわかんない状態だが、ワケはある。

「こういうのは能力が失くなったときに、ちゃんと好き同士でしなきゃだめなのぉ……」

そうなのだ。

俺たちがこういうことをしているのは、どこまでいっても能力の副作用の延長でしかない。

月子はそれがイヤなのだ。

トラウマ・サヴァン・シンドロームは、過去のつらい出来事がさずける能力だ。そしてその使用には強烈な副作用がともない、しばしば副作用の強さが能力の有用さを上回る。雪見《ゆきみ》の普通には眠れないなんかも、それに近い。

ただ、副作用を消す方法はある。

副作用の元となる能力それ自体を消してしまえばいいのだ。

去年の冬、俺は月子《つきこ》以外の能力を持つ女の子に出会った。彼女も心に傷を負っていたが、その原因となった過去の出来事、トラウマを乗り越えたとき、能力は消失した。そして現在は、能力も副作用もない、普通の人生を送っている。

月子も、同じように過去を乗り越え、能力を消そうと努力していた。

つらい過去から発生した能力にふりまわされたくないのだ。だからこそ、絶対に副作用の延長ではしたくない。そういう行為は、能力を返上したあとで、恋愛感情一〇〇パーセントであるもの。それが月子の考えだった。めっちゃ乙女だと思う。

「じゃあ今回も俺、ずっとこのまま?」

「うん……夏目《なつめ》は手でさわるだけ……私の体を慰めるだけ……あっ……」

「俺、生殺しじゃん」

「服も脱いじゃダメだからね……夏目は絶対気持ちよくなっちゃダメ……」

「ええ〜」

「だって、そうしないと歯止めきかなくなっちゃうじゃん……」

「そうだけどさあ」

月子の今日の感じからすれば、副作用が収まるまでにかなりの時間がかかる。そのあいだ、俺はずっとおあずけ状態で、手だけで月子を慰めつづけることになる。

それってかなりきつい。でも――。

「そのかわり」

と、月子は恥ずかしそうにシーツを引っ張って体を隠し、頰を赤くしながらいう。

「私の体、気が済むまでめちゃくちゃにしていいから……ね？」


そして――。

窓の外がしらんでいる。

あれから月子は断続的に達しつづけた。下着だけでなく、シーツまでびしょびしょだ。

「夏目ぇ……だめぇ……私、どうにかなっちゃう……激しすぎるよぉ……」

おあずけ都合六時間、どうにかなりそうなのは俺のほうだった。

「手だけなら好き勝手していいって、月子がいったんだぞ」

「今さわっちゃだめっ、まだ……あっ、やっ、あっ！」

俺は月子を強く抱きしめ、彼女の弱いところをさらにさわる。

月子は泣きそうな顔で腰を跳ねあげる。

「おぼえてなさいよ……こんなにして……あとで……あっ……ひどいんだから、あんっ！」

◇

「朝ごはんできてるよ」

雪見《ゆきみ》が押し入れからでてきたところで、エプロン姿の月子《つきこ》がいう。

「ありがとうございます……」

雪見はどこか眠そうな顔をしながら洗面所にいき、顔を洗い、着ぐるみパジャマからいつものゴスロリ黒猫スタイルに着替えて戻ってきてテーブルにつく。

テーブルの上にはフレンチトーストとコーヒーがきれいにならべられている。しかしそれは月子と雪見の前だけで、俺に与えられているのは水と煮干しだけだった。月子のやつ、かなり怒ってる。ちょっと調子に乗りすぎたかもしれない。

「あ、雪見ちゃんは牛乳のほうがよかった？」

「平気です。私は大人な小学生なのです」

そういいながら、コーヒーにミルクと砂糖をどばどば入れる。

「ふあぁ～」

あくびをする雪見。

「も、もしかして」

月子が顔を真っ赤にしてうつむきながら、おそるおそるきく。

「私のせいで眠れなかったりした……？」

「あ、大丈夫ですよ、ちゃんと眠れましたよ」

月子の心情を察し、雪見がフォローするようにいう。そういう雪見の目の下にはうっすらクマがある。絶対寝てない。

不安そうな顔をする月子。

「ホント眠れましたから！　押し入れの襖《ふすま》、けっこう分厚いんで！　最後のほうは月子さんが『もっとぉ……もっとぉ……』と甘えた声をだしていたとか、なにも知りませんから！」

「やっぱり全部きかれてたんだ……」

泣きそうな顔で、どんどん縮こまっていく月子。

「あれは……ちがうの、能力の副作用で……」

「安心してください。私はコーヒーを飲める大人な小学生ですが、わからないことはわかりません。ところで、どうしてシーツが洗濯されているんでしょう？　どうしてベッドのマットレスが干されているんでしょう？」

「あ～ん！」

「よしよし」

月子の頭をなでる雪見。遊んでいるな。

「全部、夏目《なつめ》のせいなんだからね！」

素早く復活した月子《つきこ》がテーブルの下で、俺の足を蹴ってくる。

「え〜俺〜？」

「夏目が欲情して全部無理やりしたんだから！　私はしたくなかったのに！」

そんなやりとりをしながら朝ごはんを食べ終えたあとのことだ。雪見《ゆきみ》が地方のテレビ局が放送している朝の再放送アニメをみたいというので、三人ならんでソファーに座る。

「ヒーロー着地が好きなんです！」

雪見がいう。そのアニメでは毎回主人公が誰かを助けるのだが、決まって空から降ってきて、着地するときに足を大きく広げて片膝と片手を地面につき、もう片方の手を大きく広げて決めポーズを取りながら、『ヒーロー見参！』というのがお約束だった。しかし――。

「あれ？」

雪見が首をかしげる。

「チャンネルまちがえましたかね？」

「いや、あってる」

どうやら今日からカバディの世界大会がはじまったらしく、その中継枠となっていた。予選から本選まで放送するらしく、夏休み中はもう再放送のアニメ枠はつぶれてしまっていた。

「え？　カバディ？　カバディ、カバディっていいながらやるインドのスポーツだよね？」

月子が驚く。

「放送するんだ……地方局のポテンシャルすごい……」

「ヒーロー着地みたかったのに～！」

雪見はソファーのうえでごろんごろんする。

「そんなことより、ヘッドライン予知は大丈夫か？」

俺がきくと、雪見は思いだしたように、にゃ～、と鳴いて猫になりスマホをチェックする。

「はい。今のところちゃんと消えています」

八月三十一日に雪見が遺体で発見されるというヘッドラインは現れてないらしい。

今日が八月二十二日。

あと一週間と少しをこのままやりすごせば、雪見は予知から逃れることができる。

「不思議ですね。なんで夏目さんのそばにいると私は助かるんでしょう」

そこで雪見は月子に顔を向ける。

「そういえば月子さんいってましたよね」

銀行強盗をやっつけたときのことだ。

「夏目さんが私の予知にかかわってるのは偶然じゃない、って。あれ、どういう意味だったんですか？　あとで説明してくれるって話でしたけど」

「ああ、あれね」

月子《つきこ》はカバディを一生懸命観ながらいう。

「そのままの意味だよ。夏目《なつめ》は雪見《ゆきみ》ちゃんを助ける可能性がある。だから近くにいると予知が消えるんだよ」

だって、と月子はいう。

「夏目は探してるもん。小学生連続殺人事件の犯人。五年前から、ずっとね」

少女事案

【ショウジョジアン】

The Pet Girl on August

第二章　八月事件

俺や月子《つきこ》、雪見《ゆきみ》が暮らす夜見坂市《よみさかし》は、人口約三十五万人、面積百二十五平方キロメートル、主要都市へのアクセスは電車で三十分といった感じの、どこにでもあるベッドタウンだ。

市の花は月下美人《げっかびじん》、特産品は漬物石、国道沿いに有名なつけ麵店があり、駅前のパティスリーは週末になると行列ができる。

子供たちは小学校で、『わたしたちの夜見坂市』という市が発行している教材を使って、自分の住んでいる土地の歴史を学ぶ。俺と月子も小さな手でページをめくって勉強した。

そんな特に個性があるわけでもない街が今、全国から注目され、狂騒に陥っている。

原因は、小学生連続誘拐殺人事件。

その事件は当初、『真夏の小学生チョコレート殺人事件』なんて呼ばれていた。遺体の口のなかにストロベリー味のチョコレートが入れられていたからだ。けれど今は『新・八月事件』という呼称が主流になってきている。

新というからには旧がある。

夜見坂市では、過去にも同様の事件が起きていたのだ。

五年前のことだ。

今回と同じ八月、小学生が月曜日に誘拐され、金曜日に遺体がみつかるというパターンの殺人事件が一か月にわたってつづいた。

カレンダーを見れば、一か月は五週あっても、日曜日から土曜日までがそろっているのは四週だけだということがわかる。

その四週で誘拐から殺人という一連の行為が四セット繰り返されることになった。

そして九月になったところで突如として犯行がストップ、そのまま犯人不明で迷宮入り。

八月だけ規則的に殺人がおこなわれたことから『八月事件』と呼ばれるようになったわけだけど、完全に規則的だったかというとそうじゃない。

最終週、四人目の被害者になるはずの女の子が生き残ったからだ。

その女の子は月曜日にさらわれ、結束バンドで手足を拘束され、目隠しをされた状態で地域のコミュニティセンターの裏にある倉庫に監禁されていた。

パターンどおりにいけば金曜日に遺体となってみつかるはずだったが、そうはならなかった。

その女の子が能力に目覚め、自力で脱出したからだ。

月子だ。

◇

「月子《つきこ》さんの能力は、その危機的状況を脱するために発現したんですね」

雪見《ゆきみ》がいい、月子が「うん」とうなずく。

「倉庫だけじゃなくてコミセン全部燃やしちゃったけどね。深夜でよかったよ。怪我人もでなかったし。で、夏目《なつめ》が一番に駆けつけてきてくれたんだ」

燃え盛る炎のなか、小学生の月子はギャン泣きしていた。

「夏目さんが第一発見者だったんですね」

「そうだよ～」

三人で、大型ショッピングモールのなかのファミレスにきていた。雪見がファミレスにいったことがないというので、月子がいこうといったのだ。

銀行強盗に遭遇した夜から、すでに数日が経《た》っている。

あの日以来、月子は親にテキトーな言い訳をして、俺の部屋に泊まりつづけていた。

『ロリコンの夏目から雪見ちゃんを守らなきゃ！』

というのが、月子の言い分だった。

「夏目はね、ひとりめの犠牲者がでたときから犯人を探しはじめてたんだよ」

月子がパスタを取り分けながらいう。

「そういえばさっきドリンクバーというのを注文していらっしゃいましたけど」

「あ、そうだ。取りにいこう。夏目は水でいいよね？」

俺のぶんのドリンクバーは注文されていない。調子に乗りすぎた夜以来、月子はずっとツンツンモードを継続していた。

ドリンクバーをとりにいく月子と雪見。ほどなくして、ふたりのはしゃいだ声がきこえてくる。雪見はコーヒーも飲める大人な小学生だが、初めてのドリンクバーでテンションのあがる小学生らしい小学生でもあった。

「話は戻りますが」

メロンソーダを大事そうに両手で持って戻ってきた雪見がいう。

「月子さんを最初に発見したのは夏目さんだったんですよね？」

「そうだよ～」

月子はストローでちゅーっとレモンスカッシュを飲んでいる。

「夏目は三番目の被害者の第一発見者でもあるんだよ～」

「小学生ながらに少年探偵みたいなことをやっていたということですか……」

なるほど、と雪見があごに手をあてながらいう。

「犯人がわかりました」

「え？」

「ずばり八月事件の犯人は――」

雪見《ゆきみ》はためてからいう。

「夏目《なつめ》さんです！」

「ええ～!?」

驚きの声をあげる月子《つきこ》。

「どぅえええぇ～！　俺だったの～!?」

思わず俺もびっくり。

「私の読んだ本によると第一発見者をまず疑えとありました」

雪見は自信満々につづける。

「小学生が警察よりも早く第一発見者になるなんて、なかなかできることではありません。でも、夏目さんが犯人であれば可能になります」

「ちょっと、やめろって。月子そういうの信じちゃうから」

いってるそばから、月子が「うぅ～！」と犬のように唸《うな》りながらこちらをみる。

「動機はそうですね、やはり月子さんでしょう」

「わ、私!?」

「月子さんだけは最初から生かしておくつもりだったんですよ。凶悪犯から助けたヒーローとしてあらわれ、自分に惚れさせようとしたんです。能力に覚醒して計画とはちがう感じになりましたが、結果として月子さんは夏目さんに頼るようになりましたからね。作戦どおりというわけです」

「私の気持ちはつくられたものだったんだ……ひどい！」

月子がハンドタオルを投げつけてくる。

「ほら～こうなった～」

「私、夏目のことずっと怪しいと思ってた！」

「えぇ～」

雪見も、「もう逃げられませんよ！」と俺を指さしてくる。盛りあがってんなあ。

「でもちょっと待てって。俺が犯人なわけないだろ。俺の近くにいると八月三十一日のヘッドライン予知が消えるんだから」

「そういえばそうですね」

つまらなそうな顔をするふたり。そんなに俺を犯人にしたかったのか。

「それより大丈夫なのか？　ヘッドライン予知」

俺の部屋で猫になっていれば死の予知は消える。けれど今はファミレスにいる。この外出は実験的な試みだった。

「大丈夫です。死の予知は消えたままです」

雪見《ゆきみ》はスマホを確認していう。

「夏目《なつめ》さんだけでなく月子《つきこ》さんも一緒にいる影響ですかね。普通に考えて、火炎放射能力を使える月子さんのとなりにいれば犯人が手をだせるはずないですし」

俺もそう思うが、月子の意見はちがった。

「きっと変装が成功してるんだ！」

そういう月子は雪見と同じく、猫耳カチューシャをして黒のゴスロリドレスを着ている。

「絶対、自分がそういう格好してみたかっただけだろ」

「そんなわけない。犯人は猫耳をしてドレスを着た女の子が本物の黒猫にみえちゃうやつなんだよ。認識が狂ってるタイプ。そういうやつはいる。私はドラマで勉強した！」

「ほんとか～？　でかけるとき、かわいい～！　かわいい～！　って、テンションぶち上げてたの忘れてないからな～」

ちなみにゴスロリ黒猫二匹を連れてショッピングモール内を散歩するのはちょっと恥ずかしい。しかも、ふたりともしっかり役に入るタイプで、けっこうな頻度でにゃあにゃあ鳴く。

でも、黒猫コスプレの属性インパクトが全てをもっていくようで、雪見が堂々と歩いていても、誰も行方《ゆくえ》不明になっている小学生だとは気づかないのだった。

「さて、と。外出しても平気なことがわかりましたし」

食事を終えたあと、雪見が立ちあがっていう。

「やりましょう、八月事件の犯人探し！」

そう、外出した本当の理由はこれだ。

俺たちは八月事件の犯人をつかまえる。

「でも――」

月子が首をかしげる。

「黒猫してれば雪見ちゃんの予知は消えるんでしょ？」

「ああ」

「だったら無理して犯人みつけなくても――あっ、そうか！」

そこで月子はひらめいた顔をする。

「雪見ちゃんを助けると他の犠牲者がでるかもしれない、ってことだよね。犯人逮捕の予知がでないから、少なくとも三十一日までに警察は犯人を逮捕できない。だから私たちがやる。うん、私は冷静に考えた！」

月子の考えたとおりでもある。

けれどもっと差し迫った理由があった。

実はですね、と雪見がおずおずという。

「黒猫になって私が死ぬヘッドラインを消すとですね、別のヘッドラインが浮かんできちゃうんです」

そのヘッドラインは雪見《ゆきみ》の死と、互い違いになっていた。雪見の死の予知を消すとそのヘッドラインがでる。そのヘッドラインを消すと、雪見の死の予知がでる。

「その別のヘッドラインって？」

月子《つきこ》がきいて、雪見が遠慮がちにスマホをみせる。

その画面に表示されているヘッドラインは——。


『高校生の遺体を発見。所持品より市内の高校に通う夏目幸路くん(17)と確認——』

◇

「あなたが犯人ですね！」

月子がビシッと指さしながらいう。相手はレジをしてくれたファミレスの店員さん。

当然、店員さんは不思議そうに首をかしげる。

「どうやらこの人は犯人じゃないわ。さあ、いきましょう」

俺たちはファミレスをでて、ショッピングモール内を歩く。

「え、ホントにやるの？」

「やるでしょ。犯人みつけないと、新しい犠牲者がでちゃうもん」

今年の八月は三十一日がちょうど金曜日になっている。第一週には月曜日が含まれていないので、連続殺人は二週目からはじまった。

五年前と同じなら、六日の月曜日からはじまって、三十一日の金曜日を終点として、四つの殺人がおこなわれる。そしてすでにふたつの殺人がおこなわれてしまった。

今日は二十二日、第四週の水曜日、明後日には第三の殺人がおこなわれることになる。

被害者が誰かはわからない。雪見のスマホには、『八月事件・第三の犠牲者発見』としか表示されていないからだ。これが雪見の予知の不便なところで、トップページのヘッドラインしかみることができず、そこに情報量の少ない見出しがならぶと詳細が全然わからない。

ただ、第三の殺人の予知はたしかにある。そして五年前、月子は月曜日にさらわれ、木曜日に自力で助かった。つまり殺人がおこなわれるのは金曜日だけ。つまり――。

「私たちは金曜日までに、犯人をみつけて第三の殺人を防がなければいけません！」

ファミレスで雪見はこぶしを握りしめていった。正義感の強い小学生なのだ。

世間では第三の被害者は雪見になると思われている。しかし、雪見の予知は八月三十一日で、第四の殺人がおこなわれる日だ。つまり第三の犠牲者は別にいる。

月曜日に新たに小学生が行方《ゆくえ》不明になったという報道はない。しかし、親が気づいてないケースだってあり得るし、誘拐なしで殺人に至る可能性もある。いずれにせよ――。

「犯人さえつかまえればいいんです。そうすれば私たちも助かるんですから！」

タイムリミットはあと二日。

どうやって犯人をみつけるか知恵を出しあったところ、月子《つきこ》がひらめいたのだ。

「あなたが犯人だ、っていってまわればいいんだ！　それで、ぎょっとしたやつが犯人！」

そしてファミレスの店員さんで試したのだった。

「あの人は犯人じゃない。ぎょっとしなかった」

「いきなりあなたが犯人です、っていわれたら、ぎょっとする人多いと思うけどな～」

次なる怪しい人物を探してショッピングモール内をうろうろする。

「私が思うに、犯人はこのモールを利用している」

「なんで？」

「夜見坂《よみさか》市民はみんなここにくる」

「市民に謝ってくんない？　他にも遊ぶとこあるから」

でも月子の読みはあながち間違っていない。

五年前の事件のときも、犯人は夜見坂市の住人だといわれていた。犠牲者がみな、俺と月子が通っていた小学校の生徒で、遺体発見現場も、河川敷、市民プール、竹やぶ、月子が脱出したコミセンと、明らかに土地勘のある人間しかいかない場所ばかりだったからだ。

現在進行形の事件でも、遺体の発見場所はプラネタリウム、市立図書館となっている。

「あの人が怪しい」

家電量販店の前で、月子がいう。みれば中年の男が立っていた。

「平日の昼間からこんなところにいるなんて」

「それ偏見だからな！　いろんな働き方があるから！」

月子は男に近づいていくと、あなたが犯人です、と指さした。男の人は月子に話しかけられて、ちょっと嬉しそうだった。

「あの人は犯人じゃない。ぎょっとしなかった」

なんていいながら、次なる獲物を狙う月子。

「おい雪見《ゆきみ》、月子をとめろ」

「私が思うに」

雪見がいう。

「犯人は意表をついて若い女の人だったりするんじゃないでしょうか？　小学生女児が被害者の事件ってどうしてもすぐに男の人が疑われますが、ここで女の人だったら面白いです」

「面白いとかじゃないから！」

「雪見ちゃんの推理、いい線いってると思う」

「え？　どこに推理要素あった？　俺がみえてないだけ？」

「一番かわいい女の人にお前が犯人だ、っていってみましょう！」

「あそこの女の子からかわいいオーラでてる！」

走りだすふたり。

「こら、他の人に迷惑かけるんじゃない！　バカ！」

しかし俺の制止もむなしく、月子《つきこ》が後ろ姿のかわいい女の子にあなたが犯人です！　と声をかけてしまう。

おいおい、これどう収拾つけるんだよ、と思うが、振り返った女の子はきょとんとした表情をしたあと、首をかしげながらいう。

「京野《きようの》さん？」

となりのクラスの白瀬由美《しらせゆみ》さんだった。

俺の憧れの人だ。

◇

月子は黒髪の凛《りん》としたツンツンガールとして男子から人気がある。白瀬さんはその対極、色素薄い系のふわふわガールだ。物腰がやわらかく、誰に対しても優しいぶん月子よりもわかりやすく人気がある。

なにより白瀬さんはファッション雑誌のモデルもするくらいあか抜けている。

そんな白瀬さんを前にして、月子はしどろもどろになった。

「あ……し、白瀬さん、お、おはよ……ていうか、もう昼だね……」

月子は白瀬さんが苦手らしい。

「京野さん、それコスプレ？」

白瀬さんは月子の黒猫の格好をみていう。

「かわいいね！」

純度一〇〇パーセントの笑顔。

もうそれだけでいい香りが漂ってきそうだ。肩までの細い髪、ガーリーなワンピース、夏っぽいサンダル、めちゃくちゃかわいくて清楚系、でも、でるとこでてるというパーフェクトな女の子。

「これはコスプレっていうか……なんというか……」

正統派な格好をしている白瀬さんを前にして、月子は自分が恥ずかしくなったのか俺のうしろに隠れてしまう。

「夏目《なつめ》くんもいたんだ？　もしかしてデートしてた？」

「ちがうちがう」

俺がいうと、後ろから月子のこぶしが背中にとんでくる。俺はそれを無視してつづける。

「たまたま会っただけだから」

今度は蹴りが入る。

俺はわるくない。月子《つきこ》がいつもいってるのだ。

『私は夏目《なつめ》のこと好きじゃないから。副作用があるから一緒にいるだけ。能力が消えたら私たち他人だからね。今からがんばっとけば？　白瀬《しらせ》さん、ずっとあこがれてるんでしょ？　男子ってああいうタイプ好きだよね。ま、夏目なんか相手にもされないと思うけど』

そう、俺はいわれたとおり今のうちからがんばっているだけなのだ。

「白瀬さんはなにを？」

「日焼け止め買いにきたんだ」

夏休みに偶然、トップクラスにかわいい女の子と出会うとかめちゃくちゃテンションのあがるイベントだ。制服じゃなくて私服ってとこもいい。

ここぞとばかりに俺は白瀬さんとあれこれ話す。

「夏目くんは花火大会いく？」

「今のところ予定ないな。白瀬さんは？」

「友だちといくかもしれないけど、まだ決めてない」

「そうなんだ……まだ誰といくか決めてないんだ……」

そこで背後の空気から、月子の怒りが頂点に達したのがわかった。

月子がとった行動は――。

「にゃあ」

と、鳴くことだった。つられて雪見《ゆきみ》も鳴く。

「にゃ～」

「おい、やめろ。俺が女の子に変なことさせてるマジでヤバいやつにみえるだろ」

「にゃ～！ にゃ～！ にゃ～！ にゃ～！」

騒ぎだすふたり。

「白瀬さん、これちがうから、俺、こいつらとなんの関係もないから！」

俺はひそひそ声でふたりに向かっていう。

「おい、やめろ！ ほら、騒いで注目されるとあれじゃん？ 雪見が警察にみつかっちゃうかもしれないじゃん？ そうなったら予知が復活しちゃうよ？ 俺が警察につれていかれたら、予知消せなくなっちゃうよ？」

しかし一時のノリに身をゆだねるふたりはいうことをきかない。

「にゃ！ にゃ！ にゃ！ にゃ！」

がぜんやる気になって騒ぎつづける。

「夏目くん……どういうことなの？」

戸惑う白瀬さん。当然の反応だ。

そこで月子が前にでてきていう。

「私ね、ホントはこんな格好したくなかったの。でも夏目に脅されて、これからは猫としてかわいがってやるっていわれて」

「そうだったんだ……ひどい……」

ドン引きする白瀬《しらせ》さん。そこにすかさず、「私もです！」と雪見《ゆきみ》が名乗りをあげる。

「ぐへへ、小学生はいいなあ、って夏目《なつめ》さんに無理やりこんな格好させられてます。助けてください！　このままじゃなにされるかわかりません！」

「夏目くん……」

白瀬さんがめちゃくちゃ冷めた目で俺をみながらいう。

「見損なった」

シンプルで、ナイフのような言葉。

終わった。

俺は大人になって高校時代を振り返るたびに、いい思い出もいっぱいあったけど、憧れの人にはめちゃくちゃ嫌われてたんだよなあ、と苦い気持ちをリフレインしつづけるのだろう。

と思ったが、そうはならなかった。

「なんてね」

冷たい表情をしていた白瀬さんがいたずらっぽく笑う。

「夏目くん、こういう格好が趣味なの？」

「え？」

「だったら私がしてあげるよ」

「えぇぇ～！」

「準備もあるから、そうだな、ハロウィンでいい？　まったく同じだとつまらないし、私は白ネコになってあげるね」

次の瞬間、白瀬《しらせ》さんは俺に近づいて、まるでキスするみたいに顔を寄せてくる。でも、いきなりキスしてくれるなんておいしい展開があるはずない。しかし、くちびるを俺の耳元に近づけ、ささやくようにいった。

「白猫のほうがかわいいでしょ？　それに――私のほうが絶対気持ちいいよ。京野《きょうの》さんより」

吐息が耳にかかって背筋に快感が走る。

控えめに表現して最高だった。

俺は白瀬さんのギャップに感動して立ち尽くす。

「じゃあね」

白瀬さんはいつもの爽やな笑みを浮かべて去っていく。相変わらず清楚なルックス、しかしこうなると、でるとこでてる体の輪郭が大きな意味を持ちはじめる。

「ハロウィン、超楽しみじゃん……」

いずれにせよ、俺は二匹の黒猫に向きなおっていう。

「おらぁ！　白瀬さんはお前たちの企みを越えていく人なんだ〜！　みたか！　ヘボ猫ども！」

「にゃ、にゃご〜!!」

「ふご〜！　ふご〜！」

悔しそうな顔をするふたり。

俺は高らかに笑う。

「わはははははは〜！　正義は勝つ！」

そのときだった。

「君、ちょっと一緒にきてくれる？」

そういわれて、大人の男の人に肩をつかまれる。

「警察だけど。そこの女の子、行方《ゆくえ》不明になってる小学生でしょ」

◇

「夏目《なつめ》さん、つれていかれちゃいましたけど、大丈夫ですかね？」

雪見《ゆきみ》がいって、大丈夫だよ、と月子《つきこ》がこたえる。

「あの人、警官じゃないし」

「そうなんですか?」

「元警官。五年前に八月事件の捜査してた刑事。今は別の仕事してる。公安? とかそんな感じだったかも」

「それ、名前ちがいますけど同じ警察組織ですよ……」

その男は夏目《なつめ》を連れて、一階の喫茶店に入っていった。

そして雪見《ゆきみ》は月子《つきこ》に連れられ、ゲームセンターのコーナーで夏目が戻ってくるまで時間をつぶしているのだった。

月子はクレーンゲームが得意なようで、雪見が物欲しそうな目でみると、ぬいぐるみからフィギュアまで片っ端からとってくれた。

今はふたりならんで座り、コインゲームで遊んでいる。

「夏目さん、本当に小学生のころから犯人追いかけてるんですね」

「うん」

なぜか月子が照れながらうなずく。

「ああみえて、けっこう正義感が強くてさ。最初のひとりがクラスメイトでね、行方《ゆくえ》不明になったところで、『俺も探す!』っていって、放課後いろんなところを探しはじめたの」

「少年探偵ですね」

「最終的には少年探偵団になってたけどね。春夏秋冬カルテットって呼ばれてた。四人で犯人を探してたんだけど、みんな名字に季節の漢字が入ってたの」

「なるほど。夏目さんが春夏秋冬の『夏』だったわけですね」

「そう。春は春……春……」

「忘れたんですね……夏目さんにしか興味がない……」

「そ、そういうんじゃないって！」

月子は顔を真っ赤にしながらコインを投入していく。

「事件が終わったあとも犯人を探しつづけたの、夏目だけっていうのもあって……」

「月子さんのためですか？」

「どうなんだろ」

月子は少し黙ったあとでいう。

「夏目が能力のことをあまりよく思ってないのもあるかも」

「どうしてですか？　便利ですけど」

雪見からすれば副作用はやっかいだが、未来予知はそれ以上に有用なものだった。月子の火炎放射能力だって、身を守るうえでは最強だ。痴漢だってこわくない。

でも——。

「心が救われてないから」

月子《つきこ》は珍しく真剣な表情でいった。

「私ね、下校のときにスタンガンでバチッとやられてさらわれたんだ。事件のあともずっとそれが怖くてさ、いつも手のなかに火を灯して下校してたの。そしたら安心だし。でもそれって心の傷がずっと残って、恐怖を克服できてないってことじゃない？　いつも怯《おび》えちゃってるんだもん」

能力があるということは、過去の出来事に対する恐怖が残っているということ。

逆に、恐怖を克服したとき能力は消失する。

過去を乗り越え、能力を消した女の子がいると、月子は夏目《なつめ》からきいているらしい。

「夏目はね、そういう恐怖を感じることなく幸せに暮らしてほしいって思ってるんだよ。結果として能力が消えちゃっても、そっちのほうが絶対いいって」

「それで月子さんのために恐怖の元になる犯人をずっと探しつづけてるってわけですか」

「うん。でも、もしかしたら犯人がみつかることと、恐怖を感じなくなることは別の問題かも」

「そうなんですか？」

「だって、犯人がつかまっても、また別の悪いやつがでてくるかもって思ったら怖くなっちゃうじゃん」

たしかにそれでは心が救われない。

「自分の能力だからわかるんだ。きっとね、私が恐怖を克服して能力を消失するときは、犯人がつかまるときじゃなくて、火を灯さずに家までひとりで帰れたときだと思うんだよね。いつも怖くなって、途中で夏目のアパートにいっちゃうんだけど」

雪見《ゆきみ》ちゃんも能力が消える条件わかってるんじゃないの？　と月子はいう。

「私は副作用と使用条件が表裏一体になっている気がしています」

雪見はいう。

「最初はヘッドライン予知ができるようになって、その副作用で眠れなくなりました。クローゼットのなかなら眠れることがわかって、そうしています。でも今は、普通のベッドで寝ることができる気がしています」

「じゃあ、どうしてベッドで寝ないの？」

「それをすると、ヘッドライン予知は消えてなくなってしまうでしょう。自分のことだから感覚的にわかるんです。だから……ベッドでは絶対に寝ないようにしてます」

「予知がなくなるの、怖い？」

「はい……」

でも、と雪見はいう。

「必ず助けるから、無事に九月を迎えたときは能力手放したら？　って夏目さんにはいわれてます」

「できるならそのほうがいいと思う。だってこれ、私たちが世界に怯えてる証拠だもん」

いつまでもポケットにナイフを忍ばせて生きていくわけにはいかないでしょ、と月子《つきこ》はいう。

「つらいこともあるけど、過去の出来事に縛られちゃいけないんだ。強く生きないと！」

夏目《なつめ》の受け売りだけどね、と月子は笑う。

「夏目さんは能力持ってないんですか？」

「持ってないよ」

「なのによく犯人探しとかやりますね」

「特別な力なんてなくても、人間は知恵と勇気があれば大丈夫なんだってさ。俺がそれを証明するからみてろ、っていってた」

「そんなこというんですか。すっとぼけた印象しかありませんでしたが」

「カッコつけなんだよ。普段はおちゃらけて、でもやるときはやる、みたいなの目指してるんだよ。ずっと真剣でいいのにさ。そういうとこ子供だよね〜」

絶対カッコつけさせないぞ〜、と月子は笑う。

夏目はね、夏目はね、と話す月子。

その横顔をみて、雪見《ゆきみ》はたずねる。

「能力が消えたら、月子さんと夏目さんは付き合うんですか？」

「ど、どうぇ!?　なんでそうなるの？」

「いえ、めっちゃ好きそうなオーラ感じたんで」

「ちがうよ！　全然好きじゃない！　私は副作用があるし……夏目はなんやかんやで困ってる人をほっとかないし……そういうつながりでしかないっていうか……」

「それを利用して恋人になっちゃえばいいじゃないですか」

「でも、そんなの真実の愛じゃない……」

「真実の愛……今どき小学生でもいわない言葉……」

ピュアピュアですね、と雪見は驚きながらいう。

「でも素直にならないとさっきの人にかっさらわれますよ」

「え、やっぱり白瀬《しらせ》さんってかわいいと思う？」

「男の人はみんな好きなんじゃないですか？」

「やっぱりそうなんだ……」

「清楚でやさしそうなルックス！　なのにいろいろわかってる感じのムーブ！　そしてなにかを期待させる体つき！　小学生の私にはよくわかりませんが、みんな大好きでしょう！」

「う、う、う、うわ～ん！」

「冗談ですよ冗談！　泣かないで！」

背中をさすって慰める雪見。

「月子さんだって十分魅力的ですから」

洟《はな》をすする月子。しかし月子はしばらくすると、すん、とした顔になっていう。

「夏目《なつめ》が全部わるい」

「あ、そっちの方向にいくんですね」

「あんな白猫にデレデレしちゃって」

「あちらさんはまだ猫にもなってませんけどね」

「も〜怒った！　夏目に思い知らせてやる！」

「やってやりましょう！」

ということになり、ふたりは夏目が入っていった喫茶店に向かう。ゲームセンターのエリアからエスカレーターで下りて一階にいこうとしたところで――。

建物がゆれた。

「地震ですかね？」

雪見《ゆきみ》がいう。

「なんかちがうっぽいけど」

つづいてフロアーの一画から悲鳴があがる。

「夏目たちがいるほうじゃない!?」

月子《つきこ》がエスカレーターを駆け下り、雪見もついていく。

喫茶店の前まで走っていってみれば、ガラスが散乱し、人だかりができていた。

人をかきわけ、様子をみる。

店内はまるで爆発でもあったかのように、粉々になったテーブルや椅子が散乱していた。

◇

喫茶店が粉々になる数分前。

「どうかしたか?」

元刑事の男がいう。

「いえ、どこかで月子が俺に怒っているような気がして」

「相変わらず仲いいなあ〜」

喫茶店のテーブルで向かい合って座っていた。

男の名前は三木島則安《みきしまのりやす》。かつて、八月事件の捜査を担当していた刑事のひとりだ。

「なるほど、事情はだいたいわかった」

くせ毛の髪に無精ひげ、派手なシャツにジャケット。

砕けた印象だが、堅苦しくないほうが子供は口を開くという考えにもとづいた、三木島なりの自己演出だ。五年前から変わってない。くえないやつ。

「雪見文香《ふみか》の件は黙っておいてやるよ」

「いや、三木島さん、もう所轄じゃないでしょ」

「公安のなかでも公式には存在しない課にいるが、いちおう警察組織だよ。月子《つきこ》が一度警察に通報したろ。お前が行方《ゆくえ》不明の小学生飼ってるって。あれ揉み消してやったの、俺だからな」

そういいながら三木島《みきしま》は胸ポケットからタバコの箱をとりだし、店内禁煙の表示をみてすごすごとポケットに戻す。

「やめたほうがいいんじゃないですか」

「席立って仕事さぼる口実がなくなっちまうだろ」

三木島は雪見《ゆきみ》のことを黙っていてくれる。警察にいこうとすると雪見が死ぬ予知が表示されてしまうことを考えると、それはとてもありがたいことだ。でも、三木島がそうするのは親切心なんかじゃない。

「雪見を利用したいんですね」

「組織がな」

もちろんその組織というのは警察組織を飛び越えたもっと偉い人たちのことなんだろう。

三木島の今の仕事は刑事じゃない。

トラウマサヴァンの能力者たち、その管理と利用の促進。それが彼の職務だ。

「特殊部隊でもつくるんですか」

「機密事項だ」

いずれにせよ、雪見を死なせないという点で俺と三木島の行動は一致していた。

でも——。

「お前は雪見文香《ふみか》を生き残らせればいい。今回はそれ以上のことをするな」

「なんのことでしょうか」

「お偉いさんたちはお前の名前も覚えてるぞ」

天才殺しの夏目幸路《なつめゆきじ》、と三木島はいう。

「全国に十七人」

「トラウマサヴァンの能力者の数ですか」

「そうだ。みな十代の少女だ。そして組織が最重要として目をつけていた少女がいる」

「利用価値があるという意味で」

「そうとってもらってもかまわない。結局のところ、その少女は去年の冬に能力を消失してしまったからな」

三木島はその少女の名前をいう。

白瀬由美《しらせゆみ》。

そう、あの白瀬さんだ。

「とぼけなくていいからな。冬休み、お前とあのお嬢ちゃんが行動を共にしていたこともこっちは調査済みだ」

俺はなにもいえない。

「夏目《なつめ》、おせっかいもいいがトラウマサヴァンを消してまわるのはよせ。俺の仕事にはその症状の調査も含まれている」

「別にそういうつもりはなくて、結果として能力が消えてしまってるだけです」

俺はただみていられないのだ。

「月子《つきこ》はまだひとりで家まで帰れない。もう十七歳なのに、俺と三日会えないとわんわん泣きます。それで俺が会いにいくと、『助けにきてくれてありがとう』っていうんです。月子の魂は五年前の八月三十一日にとらわれたままで、そんなの、かわいそうだ」

「だから八月事件の犯人を追いつづけてるのか」

「少しでも、安心させたいんです」

白瀬《しらせ》さんもそうだった。

彼女も過去に心が殺されるような体験をして、その反動で強烈な能力を発現させていた。雪の降る夜、俺はそんな彼女の事情を知った。それで、一冬のあいだ、一緒に行動した。彼女は過去を乗り越え、能力は消失した。

「雪見《ゆきみ》は気にしていないようだけど、この先ずっと押し入れの中で眠るのもどうなんでしょう」

俺はもう十七歳で、世の中に理不尽なことがあるのはわかっている。どうにもならないことがあるのもわかっている。

でも、誰かを助けられるなら、助けたいと思う。

「まあ、能力を消す手伝いをするな、というのは仕事上の立場としていっただけだ」

三木島《みきしま》はへらっと笑いながらいう。

「じゃあいわないでくださいよ」

「大人の建前というやつだ。本音をいえば別に消えてしまってもいい。偉いさんも同じ考えだろう。管理不能なすごい力が雑に発生して、その辺をぶらぶら歩いているからこちらもいろいろ考えなくちゃいけない。ないならないでそれでいい」

年端もいかない女の子になんかさせようと思うほど大人はヒマじゃない、と三木島はいう。

「仕事だからやってるだけだ」

そういいながらテーブルの上を指さす。

「そう仕事。だから経費を使える。遠慮せず食べていいんだぞ」

いわれて、俺は目の前にあるパフェを食べはじめる。もともと遠慮する気はなく、メニューを開き、一番高いのを注文したのだった。

「しかし、トラウマサヴァンが能力を捨てるのはなかなか難しいんじゃないのか」

三木島がいう。

「あんな力持ってたら、頼りたくもなるだろ。これがあれば大丈夫。結果として能力に頼って過去の恐怖を乗り越えようとする。でもそれはただの依存だ。精神的な問題を克服するどころか、もっと深刻になりそうだ」

しかもその原因は外から他のやつによって与えられたもので、彼女たちはなにもわるくないのだ。

「それに、あいつらって精神的に不安定というか、みていてしんどい感じの……その……」

「メンヘラ」

「俺がストレートにはいわないようにしてやってたのによ～」

ちなみに月子《つきこ》はマンガを読みながら『私、女の子はこんなメンヘラみたいになっちゃいけないと思うな～』なんていったりする。俺は黙ってる。

「トラウマサヴァンは不安定で、手首を切ったりする子も多い。あとこれは調査中だが、能力の使用それ自体にも危険性がある。全国の症例のなかには、能力が暴走したケースも報告されている。お前もみただろ」

俺はそれにはこたえない。でも、よく知っている。白瀬《しらせ》さんがそうだったから。

「使用頻度が高いと、暴走する確率が跳ねあがる。そして能力の暴走がずっとつづき、いくところまでいけば――」

そのケースはまだ全国で二件しか確認されていないが、と三木島《みきしま》はいう。

「廃人だ」

俺は能力を暴走させて廃人になってしまった月子や雪見《ゆきみ》の姿を想像する。

「その結末だけは回避したいですね」

「できるならな」

能力を捨てた白瀬さんのケースはかなり稀《まれ》らしい。

「いくら俺たちが『能力に依存するな、乗り越えろ』っていっても説得力ないだろ。こっちはそんな理不尽な経験してないわけだし」

「だからみせなきゃいけないんです」

俺はいう。

「特別な力がなくても、知恵と勇気さえあればなんでもできるって、証明しなきゃいけないんですよ」

いい終えて、パフェをひとくち口のなかに運んだときだった。

俺は、「うえぇ〜」と舌をだす。

「どうした？」

「パフェのなかになんか入ってたみたいです」

口のなかから異物をとりだす。

それは紙片だった。四つ折りになっていて、それを開いてみる。


『ハチガツジケンニテヲダスナ』

俺は三木島《みきしま》と顔を見合わせる。そこからはスローモーションのようだった。まず目に入ったのは通路側の窓ごしに白瀬《しらせ》さん。買い物をして帰るところだろう。彼女は店内に俺がいることに気づく。そしていつもの爽やかな笑みを送ってくれる。けれどすぐにその表情が変わる。驚いているような、焦っているような。声はきこえない。でも白瀬さんはなにかを伝えようとして、大きく口を開きながら、俺たちのほうを指さしていた。

俺がどうかした？　って顔をしてみるけど、どうやらちがう。白瀬さんが指さしているのはさらに向こうみたいだった。

俺は白瀬さんがいる通路とは反対側、ガラス張りの外に面した席に座っている。

それで外のほうに目をやると——。

トラックがこっちに向かって走ってきていた。減速する気配はない。

次の瞬間、轟音《ごうおん》と全身に衝撃。

床に転がると同時に降り注ぐガラス。悲鳴。痛みで頭の奥が熱くなる。喫茶店のなかの風景が一瞬にして変化する。ここ日本？　戦地じゃないの？　みたいな感じ。

白瀬さんがこっちに駆けよってくる。ほんの数秒の出来事、でもまるで二時間のフィルムを観たあとのようだった。状況の変化に意識がついていけないと、脳の処理が追いつかなくてこうなるのかもしれない。

「大丈夫!?」

白瀬さんがいう。いや、白瀬さんこそ近づいてきて大丈夫なの、って感じだが、少し冷静になって周囲をみれば、トラックは店に突っ込んだ状態で停止していた。

「子供が考えそうな手口だな」

三木島が運転席をのぞき込みながらいう。腰をおさえて、痛そうだ。

「アクセルペダルの上にコンクリートブロックを置いてやがった。これじゃたいしてスピードでないだろ」

おかげで俺たちは助かったようだ。

「どうやら八月事件の犯人はお前が嫌いらしい」

「いえ、三木島さんかもしれないですよ」

「メモはお前のパフェに入ってた。それに、俺はもう八月事件を捜査してない」

三木島はつかれた様子で、倒れた椅子を起こし、そこに座る。

「まさかこっちを攻撃してくるなんてな」

つまり、犯人は俺がずっと事件を追っていることを知っている。

「普通、俺みたいな高校生が事件に首をつっこんでも相手になんかしない。なのに、なんで犯人はこんなことを……」

「真相にたどりつく現実的な可能性を持っているのがお前だけだからだろう。警察はこわくないからな」

「五年前もいってましたね」

三木島《みきしま》はずっといっていた。

八月事件の犯人は警察関係者と内通している可能性がある。そうでもない限り、一か月にわたって捜査の目をかいくぐり、連続殺人事件を起こすなんて不可能だというのが、その根拠だった。

そして三木島はもともと不良刑事で、証拠品をひとつ組織に隠すクセを持っている。一番に犯人を捕まえて、出世するためだ。

五年前、最初の殺人が起きたとき、遺体発見現場に真っ先に到着したのが三木島で、彼はいつものようにひとつ証拠を隠した。俺は第三の遺体を最初に発見したから、その隠された証拠について知っている。

犯人が警察関係者と内通していた場合、この警察も把握していない証拠が真相にたどりつく切り札になるかもしれない。

「危険度がいっきに増した気がするが、つづけるのか」

「ええ。あきらめません」

「そうか」

三木島が白瀬《しらせ》さんにみえないように写真を二枚手渡してくる。

「今回の事件現場の写真だ。所轄からくすねてきた」

起きてしまった第一と第二の殺人。遺体がみつかったプラネタリウムと市立図書館の現場の写真だった。第一の被害者はプラネタリウムで座った状態でみつかっている。

気になるのは図書館の遺体だ。

机の前で、直立しているのだ。

「これ、立ったまま亡くなってるんですか？」

「死後硬直を利用していると鑑識はいっていた。つまり、犯人は遺体を意図的に立たせたんだ」

なぜそんなことを、と思う。

「なにかの役に立てばいいけどな」

「ありがとうございます」

なんて、男ふたりでこそこそしているときだった。

「内緒話してるところわるいんだけど……」

白瀬さんが遠慮がちにいう。

「なにかきこえない？」

いわれて耳を澄ましてみれば、店に突っ込んで停止したトラックの荷台から、時計の針が進むような音がきこえてくる。え、そんなベタなことあんの？　って感じだが、三木島が叫ぶ。

「ふせろ！」

俺は白瀬さんを押し倒す。

彼女に覆いかぶさった瞬間、背後で爆発音が轟いた。

◇

天井の破片がパラパラと落ちてくる。

最初、鼓膜が破れたかと思った。しかしだんだんと周囲の音がきこえはじめる。

「めちゃくちゃやるなあ！」

三木島《みきしま》が体を起こす。埃《ほこり》だらけだ。

「大丈夫？」

俺は体の下にいる白瀬《しらせ》さんにきく。白瀬さんは涼しい顔で「うん」とうなずく。こういう女の子なのだ。

「夏目《なつめ》くんが守ってくれたから」

「いや、俺はなにもしてないけど」

「超カッコいい」

そこで白瀬さんはまたいたずらっぽく笑う。

「惚れちゃった」

「からかうなよ」

「本気かもしれないよ?」

なんて会話をしていると、ガラスを踏みながらたどたどしい足音が近づいてくる。

「夏目～！　夏目～！　どこ～！」

月子《つきこ》だ。涙声になっている。

「あ～ん！　死なないで～！　ずっと一緒にいてよ～！」

迷子の子供みたいになっている。俺が、「月子！」というと、「夏目！」と喜んだ声になって、

「よかった～！」とこっちに近づいてくる。

そして俺をみつけ、抱きついてこようとして――。

「白瀬さん?」

物のはずみで、俺の体は白瀬さんのすらっとした足のあいだに入ってしまっている。

それをみて月子は――。

ギャン泣きした。

◇

夢をみた。でもそれは夢というより記憶に近いかもしれない。

俺は自転車をこいでいる。父さんが買ってくれたマウンテンバイクだ。俺は小学五年生で、

早朝、夏休みのラジオ体操にもいかず、鉄橋に向かっている。

その日までに起きたふたつの事件について考えているうちに、月曜日に誘拐され、金曜日に殺されるという規則性に気づいたのだ。

マウンテンバイクで堤防を駆けあがる。鉄橋の下にはなにもなかった。それも仕方がない。犯人が死体を置きそうなところをあてずっぽうでまわっているだけだからだ。

次は街の外の無人駅のホームにでもいってみよう。そう思って引きあげようとしたときだ。河川敷のグラウンド、その近くの草むらから肌色のものがみえた。

足だった。

近づいてみれば月曜日に行方《ゆくえ》不明になった同じクラスの女の子。八重歯がチャームポイントで、図工の時間が好きで、ソフトボールがうまかった。

朝露で、頰が濡れていた。眠っているようにもみえたが、彼女はもう動くことはなかった。目がいったのは、彼女の口のなかだ。半開きになっていたので、みえた。

のぞきこもうとしたとき、声をかけられた。

「なにしてる」

三木島《みきしま》だ。これは夢というか、五年前の記憶だから、当然彼も若い。

彼は一瞬、俺を犯人と疑った。

「小学生が劇場型の犯罪に巻き込まれると、みんな大人の男を犯人像として推測する。しかし、そういう性的趣向が目立ちやすいというだけで、本来的に人間は同世代の人間への興味が一番強い。犯罪の対象についてもそうだ」

つまり、三木島は犯人が同じ小学生である可能性を排除していなかった。この凶悪な連続殺人事件において。小学生が小学生を無差別に、しかも計画的に殺してまわっていたらかなりヤバい。

「お前、なんでここにいる」

三木島に疑いの目を向けられ、俺は背負っていたカバンから一冊のノートを取りだす。汚い字で書かれた表題は——。

『殺人エンサイクロペディア』

その夏の、俺の自由研究だった。古今東西の有名な犯罪者についてまとめたレポートをつくっていたのだ。

「なるほど、犯罪マニアか」

そういいながら、三木島はもう動かなくなった少女の口のなかから、報道されていない証拠を取りだした。

「マニアならわかるだろ」

「秘密の暴露」

「そうだ。真犯人しか知らない事実をつくりだすんだ。これを知っているやつがいたら、そいつが犯人だ」

そういうのって普通、警察が捜査の方針としてわざとマスコミに情報を流さないようにしてつくりだすものだ。でも三木島《みきしま》はそれを個人でやっていた。この時点で、警察関係者を疑っていたのだ。

「犯罪マニアもたいがいにしとけよ」

三木島はそういって俺を追い払った。

犯罪マニア。

小さいころからサスペンス映画が好きで、俺は周囲からそう思われることが多かった。親も心配していたし、自由研究で殺人エンサイクロペディアを提出したときは校長先生に呼ばれ、カウンセリングまで受けた。

俺は変人扱いで、犯罪者予備軍だった。でも俺の本心をわかってくれた人もいる。

「戦隊ものだと赤が好きだろ」

その夏、駅のホームでいわれた。ベンチに座って電車を待ちながら、殺人エンサイクロペディアをつくっているときのことだ。被害者の骨で食器をつくったアメリカの殺人鬼についてスマホで調べ、履歴書形式にしてノートに書きこんでいた。

「泣いている友だちがいたら、率先してオモチャやお菓子を渡していた。ちがうか?」

話しかけてきたのは地元の高校生だった。髪を派手に染めていて、有名な不良だった。両親からも絶対に関わるなといわれていた。でも近くでみる彼の眼差《まなざ》しはとてもやさしかった。

「お前は正しい心を持っている」

彼は人の心が色でみえる、といった。正しい色、正しくない色。もしかしたら月子《つきこ》みたいになんらかの能力を持っていたのかもしれない。今となってはわからない。

「そのノートもみためは物騒だけど、すげえ正しいノートだ。それ、犯罪者をやっつけるためにつくってるんだろ」

驚いた。初めて俺のことをわかってくれる人があらわれたからだ。

犯罪のことを調べていると、みんな、マニアとか、それに憧れる変人として扱ってくる。そんなわけない。俺は当時、世の中からわるいことをなくすために、まずはそれを知ろうとして、やっつけようと思ってその攻略本をつくっていたのだ。

なぜそれを彼がわかったのか。

「俺もそうなんだ。正しいことがしたいんだ」

彼が中学生のとき、クラスでいじめがあった。彼はいじめていたクラスメイトを殴り、みてみぬふりをしていた担任も殴った。いじめをとめようとしたことより暴力事件のイメージが先行し、孤立し、彼は道を外れていった。

でも、俺のとなりにいる彼は不良のイメージとはちょっとちがった。手に、難しそうな参考書を持っていたからだ。

「勉強しようと思ってさ」

彼は俺の視線に気づき、照れながらいった。

「イヤなことといっぱいあって、世間に背中を向けちまったけどよ、乗り越えなきゃいけないだろ?」

「今から勉強して間に合うの? 全然してこなかったんでしょ?」

小学生の俺は偏見バリバリで、生意気にもそんなことをいった。でも彼は怒らなかった。

「大丈夫。人間、知恵と勇気さえあればなんでもできる——はず!」

そういって笑った。

彼は不良仲間にも将来をちゃんと考えたほうがいいんじゃないかと話したらしい。でも誰もが前向きになれるわけじゃない。

「だから俺がやらなくちゃいけないんだ。一回失敗しても、またやりなおせるってみせなくちゃいけない」

高校を卒業したら警察官になる、というのが彼の目標だった。

「お前、結構勘ちがいされるだろ」

「うん」俺はうなずく。

「俺がいうのもなんだけど、もうちょっと周りに説明したほうがいいぞ」

「そういうの、なんかダサいし」

当時、戦隊ものの悪役が好きというのがクールで、赤が好きというのはなんかセンスない感じの雰囲気だった。わるいやつをやっつけてやる、なんていうのはガキっぽい発想で、いやいや立場によって正しさは変わるし、みたいなスタンスが大人だった。

「でもお前は正しさを信じてる」

「うん」

「だったらダサくてもやらなきゃ」

「うん」

そうこたえたところで目がさめた。

五年前の、なにげない会話。

結局、彼はその夏に死んでしまった。彼を指さして「ヤダわぁ」といつもいっていたおばさんが車にひかれそうになっているのを助け、彼がひかれてしまった。

俺は両親にはいわず、彼の葬式にいった。

小六の卒業文集、俺は将来の夢に警察官と書いた。

正しいと思ったら、おせっかいでも、ダサくても、やらなくちゃ。

今もその気持ちは変わっていない。

でも、ちょっとその心が折れそうになっていた。

「いや〜さすがにこれはどうなの〜？」

ショッピングモールでトラックが爆発した翌日のことだ。

俺は半袖半ズボンの体操服を着て、ランドセルを背負って道を歩いてた。

十七歳の高校生が、小学生の格好をしているのだ。

◇

八月四週目の木曜日、第三の殺人が明日に迫っているであろうその日の朝、俺は月子《つきこ》と一緒に通学路を歩いていた。

「絶対、遊んでるだろ」

俺はいう。

ぴちぴちの小学生用の体操服を着て、赤白帽のつばを頭上で立てるウルトラマンかぶりしながら、ランドセルを背負っている。小学生としてのクオリティをだすためにすね毛は処理済み、履いているスニーカーはかかとが光る。

「遊んでないよ、作戦だもん」

「え？　じゃあなんで動画撮ってんの？　撮る必要なくない？」

「証拠映像。別に白瀬《しらせ》さんに送ったりしないから」

「絶対送るじゃん」

今日は猛暑日になるらしく、朝から気温が高く、ランドセルを背負った背中はもうびっしょりと汗をかいている。

なぜこんなことになったのか。それは昨日の夜にさかのぼる。

ショッピングモールでの爆発事件のあと、警察に事情をきかれ、アパートに戻ったのは夕方だった。俺が爆発事件に巻き込まれたことに月子はショックを受けたようだった。部屋に入るなり、俺にしがみついて動かなくなった。

「夏目《なつめ》、いなくならないで」

数分間、駅のホームとかで人目も気にせず彼氏に抱きつきつづける女の子みたいに顔を埋《うず》めてくっついたのち、すっと体を離していった。

「は？　なんで私が夏目のこと大好きガールみたいになんなきゃいけないわけ？」

「めっちゃ落差つけてくるじゃん」

「マジむかつく」

そういってパンチしてくる。

「白瀬さん、めっちゃモテるよ。サッカー部のキャプテンとかに告白されてた。夏目が付き合えるわけない！　付き合えるわけない！」

「わかった、わかった」

なんてやりとりをして、月子《つきこ》がつくったタラのソテーを雪見《ゆきみ》と一緒に三人で食べた。そしてそれぞれシャワーを浴びて、あとは寝るだけみたいな状態にしたあとで、ソファーに三人ならんで座り、ポップコーンを食べながら映画を観ているときだった。

雪見がスマホをとりだしていった。

「それで、これどうしましょう」

そこには八月三十一日に俺が死んでしまうヘッドラインが表示されている。黒猫になることで雪見が死ぬヘッドラインを消しているから、そっちの未来が選択されてしまっているのだ。

「今日のことを考えると、夏目《なつめ》さんは八月事件の犯人にその……」

「殺される」

「ストレートな表現はしないようにしてたのに……」

大丈夫だ、と俺はいう。

「このままでいこう。俺のことは気にしなくていい。八月三十一日までに犯人をみつけなきゃいけないし、なによりまず第三の殺人を防がないと」

ということで、ポップコーンを食べながらの作戦会議がはじまった。

「八月事件の被害者は全員、夜見坂《よみさか》東《ひがし》小学校の生徒だ」

俺と月子が卒業し、現在、雪見が通っている小学校だ。

「つまり第三のターゲットも夜見坂東の生徒になる可能性が高い。新たな行方《ゆくえ》不明者がでていないから、今いる生徒を守らないと」

「でも夏休みだし、全校生徒には目が行き届かないよね」

月子がいうと、「そうでもありませんよ」と雪見がいう。

「八月は、午前中に特別授業がありますから」

「え、そうなの？　なんで？　特別授業？」驚く月子。

「保護者向けのパフォーマンスです。私もですが、中学受験を希望するご家庭も多いので」

この地域では私立のほうがいい学校が多い。教育熱心な親は、子供を中高一貫の私立に進学させたいと考え、学習塾に通わせている。

学校側もそういった保護者の気持ちに寄り添って、いろいろと今までにないカリキュラムを組んでいるらしい。夏休みの特別授業もその一環で、自由参加ながらそれなりの出席率があるという。

「小学校から……すごいね」

月子が感心しながらいう。俺たちのときは、かなりほんわかした小学校だった。そして俺も月子も普通の公立高校に通っている。エリートとはいいがたい。

「六年生になったら投資の授業もあります。マネーリテラシーは大事なんです」

「ああ、うん。マネーリテラシーね。大事だよ、マネーリテラシー、うん」

月子はうなずきながらいう。

「とにかく、夏休みだけどみんな登校してる。だったら簡単じゃん。犯人はそのなかの誰かをターゲットにするだろうから、見張ってれば捕まえられるでしょ」

たしかにその可能性はある。

「明日から金曜日まで小学校を見張ってようよ」

「けっこう近くでみときたいよな。でも、それだと俺らが不審者として通報されかねないし」

雪見《ゆきみ》は絶賛行方《ゆくえ》不明中なので小学校にいくわけにはいかない。

じゃあどうするか。

「銀行強盗のリーダーに頼んでみようかな」

俺がいったところで、雪見が首をかしげる。

「え？　どういうことですか」

「けっこう仲良くなってさ」

俺はスマホの画像をいくつかみせる。たくさんの大型犬。銀行強盗のリーダーが飼っていて、いい画像が撮れると送ってくれるのだ。

「かわいいだろ？　最近の癒やしなんだ。このお腹《なか》みせてるシェパードなんて──」

「わけわかんないんですけど！」

雪見がすごい普通につっこんでくる。

「銀行強盗って、あの銀行強盗ですよね？　警察に変装してた、私たちを沈めようとした」

「ああ。そうだよ」

「なに友だちになってるんですか？　人類みな兄弟ってことですか？　マハトマ・ガンディーにでもなりたいんですか？」

「いや、そういうわけじゃないんだけど」

最初はただ口止めに連絡先を交換しただけだった。

「こっちもやりすぎたところはあるし、月子《つきこ》の能力黙っててもらわなきゃいけないし。だから身分証とかださせて、もし月子のことが世間にでまわったらわかってるだろうな、って」

「やってることが完全に悪役じゃないですか……」

炎上したバンは発見されたが、彼らはつかまらなかった。

「それで連絡とりながら、事情をきいてみると、みんないい人たちなんだ」

「銀行強盗がいい人たちなんてことあるんですか？」

「ああ。あれは彼らなりの復讐だったんだよ」

銀行強盗は若い男たちだった。彼らの両親はみな、町の工場を経営したり、商店街にあるような小さな文房具店を営業していたりした。

工場や店の調子がいいときに、運転資金に金を借りてくれ、と銀行の営業マンがかなり強引に頼んできたらしい。それで借りたわけだが、いざ不景気になり本当に苦しくなったとき、銀行は資金を引き上げ、多額の利息を請求した。工場や店のなかにはつぶれてしまったところもあるらしい。

彼らにとって銀行強盗は家族の敵討ちだった。

「リーダーの実家は制服をつくる工場なんだ。学校の制服だけじゃない。制服と名のつくものなら、なんでもつくってる。パイロット、車掌、看護士」

そこで雪見《ゆきみ》が「なるほど」という。

「だから本物の警察の格好ができたわけですね」

「そういうこと。各都道府県の警察が入札で募集してるから、それに応募して納品してるんだってさ」

実家の工場から、その本物の警察官の制服を調達すればいい。リーダーの彼がいっていた。

『服は象徴だ。自己表現でもあり、社会的なアイコンでもある。学生服、白衣、そして警察の制服。自分がなにものかを示すためのある種の身分証であり、人はそれをたやすく信じる』

警官の格好をしていれば、学校の敷地に入ってうろうろすることだって許されるはずだ。

「制帽を深くかぶれば高校生ってこともちょっとはごまかせるだろうし」

「たしかに。そして、そのアイディアは私も考えていた」

月子《つきこ》は深くうなずく。

「じゃあ、私が連絡しとくね」

そういってスマホをぽちぽちとさわる月子。

「……よし、今晩のうちに持ってきて扉の前に置いといてくれるって」

「仕事早いですね」と雪見。

「最近、自分の家をオール電化にしたらしいよ」

「月子さんの火がトラウマになっている！」

そんな感じで作戦が決まり、寝ることになった。

白瀬《しらせ》さんのこともあり、月子はツンツンスタンスなので雪見と一緒に押し入れで寝るという。

「寝よ～」

という月子。しかし雪見は名残惜しそうにソファーに座ったまま映画を観ていた。

「どうしたの？」

「私は——」

雪見は少し言葉に詰まってから、いう。

「今まで、夜ふかしをしたことがありませんでした」

「うん。雪見ちゃん、お嬢様っぽいもんね」

「夜ふかしどころではありません。スナック菓子をこんなにたくさん食べたのも、朝からアニメをみたのも、全部初めてです。こんなにバンバン人が死ぬ映画を観るのもです」

だから、と雪見はいう。

「なんだか、寝るのがもったいなく感じるんです」

「そっか」

月子《つきこ》はおもむろに雪見《ゆきみ》のとなりに座りなおす。

「私、この映画のつづき気になるな」

「俺も」

そういってまた三人でならぶ。

「雪見、食べたもので一番おいしかったのは？」

「ピザです！」

雪見は即答する。それは雪見がこの部屋にやってきた日に食べた、なんの変哲もない、どこにでもあるスタンダードな宅配ピザだった。

「さすがにこの時間だとやってないからなあ」

「事件が終わったらやろうよ」

ピザパーティー、と月子はいう。

「好きなだけピザ頼むの。トッピングもいっぱいしてさ。それで、一晩中映画を観る」

「やりたいです！」

そんな話をしたり映画を観たりしているうちに、結局、俺たちは布団に入らずソファーで体を寄せあったまま眠った。

気づけば窓の外が白んで、山鳩の鳴き声がきこえていた。

顔を洗う前に玄関を開けてみれば、ドアの前に段ボールの箱が置かれていた。ドーベルマンの写真が一緒に置かれている。銀行強盗のリーダーが持ってきてくれたのだ。

しかし――。

「どういうこと？」

段ボールの中をみて首をかしげていると、月子がやってくる。

「作戦変更した」

眠そうに目をこすりながらいう。

「いくら誰かが目を光らせても、小さい子が危険にさらされてる状況は変わらない。いつ襲われてもおかしくなくて、そんなのよくない」

だから、銀行強盗のリーダーへの依頼内容を変えたらしい。段ボールの中には体操服や赤白帽、ランドセルが入っている。

「夏目《なつめ》が小学生になる。それで犯人が襲ってくるから、そこをつかまえる」

俺はそれをきいて、めちゃくちゃ普通なことをいう。

「いや〜、無理があるだろ〜」

◇

という感じで、俺は謎の小学生スタイルになって通学路をうろうろしているのだった。

月子《つきこ》はとにかくルックスだけはいい。制服を着て、凛《りん》とした黒髪のいかにもモテそうな女の子は世間からの信頼が厚い。どんなに冴えない男でも、そんな子と一緒にいれば、なにかしらみどころのある人間なのだろうと周りの人は考える。

おかげでギリギリ通報されずにすんでいた。

ところどころに立っている、保護者の見守り隊の人たちがひそひそと会話している。

「動画でも撮ってるのかしら」

「なかなか前衛的ね」

「女の子が普通に踊ったほうが再生数いくんじゃない？」

そんな声がきこえてくる。

俺は身長一六〇センチ用の体操服が体に食い込んでただただつらい。ちなみに雪見《ゆきみ》は家でお留守番だ。月子いわく、今回はおとり作戦なのでマジで危険なんだという。

「早く犯人襲ってこないかしら」

月子が周囲をみまわしながらいう。

夏目

「いや、襲ってこないだろ。俺、絶対小学生にみえないもん。体操服にランドセルってのも意味わかんないし」

「夏目《なつめ》そんな感じだったじゃん」

「俺の過去を捏造《ねつぞう》すんのやめてくれる？　かかとが光るスニーカーも履いてなかったし。てか小五は履かないだろ」

「私は履いてたよ」

「いや、月子《つきこ》は低学年からずっとナイキじゃん」

いかにもイケてる女の子って感じだったし、足も速かった。大人びてみえたし、大勢いるときにはあまり話さないタイプだったからクールにみえる女の子でもあった。

もしあんな事件がなかったら、月子はあのまま静かに笑う女の子として成長していたかもしれない。

「なつかしいね」

俺たちが通っていた小学校がみえてきて、月子が目を細める。

「グラウンド、すごく広く感じてたのにね。こんなに狭かったんだ」

「エモい感じになってるけど俺の格好ヤバいからな」

「授業中かな。入ってみようよ」

「アメリカだったら撃ち殺されるだろうなあ」

「早く入って」

「いや、敷地んなかはまずいって」

「早く」

校門の前で、背中をツンツン小突かれる。

「月子、さては怒ってるだろ」

「怒ってないよ。冬休み、白瀬《しらせ》さんとなんかやってたとか、いつの間にか仲良くなってたとか、それを私だけ知らなかったとか、そんなのどうでもいいもん」

「ほら～、怒ってるやつじゃん～」

ごめんごめん、と謝ると、月子は、「は？」と片眉を吊りあげる。

「なんで夏目が謝るわけ？　私が嫉妬したみたいな流れ？　そういうのホントやめて。夏目は知らないと思うけど、そういうの私にもあるから」

「三年生の先輩とかによく告られてるんだろ」

「え？　なんで夏目が知ってるの？」

「いや、白瀬さんがいってたんだ」

月子もかわいいというフォローのつもりでいったが、月子の目がすわる。

「白瀬さんとそういう会話するんだ……もしかして、デートとか……」

「いや、つけ麵の店にいっただけだから」

学校帰りにたまたま一緒になって、お腹《なか》減ったねと会話して、白瀬《しらせ》さんがつけ麵食べたことない、ラーメン店もひとりで入れないといったから、じゃあ、という感じで店に入ったのだ。

「どこの店？」

俺は国道沿いの店の名前をいう。

「も〜！　私のお気に入りの店でそういうことしないでよ！」

「いや、この辺のやつらみんないくとこじゃん」

「もういい。とりあえず入って」

すん、とした顔になり、小学校の敷地内に俺の体を押しだす月子《つきこ》。

「よくないぞ！　そうやって俺に恥かかそうとするの！」

「そんなんじゃないから。これ作戦だから。ひとりで歩いてる小学生をみて、犯人はしめたと思って襲ってくるから。そこでその不審者やっつけるから」

「どうみてもひとりで歩く小学生じゃないんだよ、俺が不審者なんだよ」

しかし月子も頑固だ。

「わかった、わかった。じゃあ下駄箱までいって、タッチして戻ってくるだけでいいから。それならいいでしょ？」

「仕方ないなあ！」

ということになり、敷地のなかを歩いていく。

校門をくぐり、すぐ左に石で囲まれた池がみえてくる。月子のいうとおり、大きく感じていたものがすごく小さい。小学生の頃はこの池がとても大きく見えた。縁石のあたりをふざけて歩いて、落ちてびっくりしたことがある。でも今みれば、ひざより下くらいの深さしかない。よくわからない彫刻、社会科見学にいく前に集まった広場、掃除当番がめんどくさかった渡り廊下、どれもなつかしい。

なんて思いながら歩いているときだった。

「おらぁっ！」

野太い声と共に、つつじの木の陰から、人影がとびだしてきた。

腰から下にタックルされる。

俺は地面に倒れ、転がり、そいつが覆いかぶさる。

「夏目《なつめ》、そいつが犯人よ！」

月子がこっちに駆け寄ってくる。

「いや、不審者の俺を取り押さえただけだと思うよ！」

「そんなことない。だってそいつ制服着てない。警官でも、警備員でもない」

いや、学校の先生かもしれないし私服警官の可能性もあるぞ、と思うが、タックルしてきたやつをよくみてみれば、俺と同い年くらいの男だった。ふっくらとした体型だ。

「あなたが八月事件の犯人ね！」

月子《つきこ》が男を指さす。

「え、あ……ぼ、僕は……」

「ほら、ぎょっとした！　夏目《なつめ》、こいつが犯人でまちがいないよ。警察よぼう！」

「ちょ、ちょっと待って」

男はいきなり犯人扱いされて動揺したようだったが、月子の顔をみて、「あ」と声をあげる。

「もしかして、京野《きょうの》さん？」

男は嬉しそうだ。しかし月子は首をかしげる。

「おい月子、知り合いなんだろ？　顔くらい覚えとけよ～」

俺がいうと、男は、「夏目くんもだよ」と笑う。

「僕だよ、僕。春山直人《はるやまなおと》だよ。五年前、一緒に探偵団をやったじゃないか」

たしかに、見覚えのある顔だった。春山くんは中学受験をしたから、俺や月子と一緒だったのは小学校だけだ。そこから成長して顔が変わっていて、すぐにはわからなかったのだ。

「僕だけじゃない。あとのふたりもいるよ」

校舎の陰から赤いセルフレームのメガネをかけた女の子がでてくる。

「久しぶりね」

秋山美香《あきやまみか》さん。

小学校の頃は委員長で、高校生になった今も委員長って感じだ。

そしてもうひとり。

下駄箱の裏に身を隠していた、背の高いイケメンも顔をみせる。

「夏目も京野もあんま変わってないな」

冬馬《とうま》弘樹《ひろき》。

頭がよくて、運動もできて、俺たちのリーダーだった。

「これで春夏秋冬カルテットがそろったね」

春山くんがいう。

え、三人でなにしてんの？　って感じだが、ここでやることはひとつしかない。

「八月事件の犯人を追いかけているんだ。僕たちはもうだいたい見当がついている」

◇

校舎の廊下を春夏秋冬カルテットと月子の五人で歩く。理科室、図画工作室、高校ではもう目にしない教室名だ。

「おい夏目、その格好はひどいだろ」

冬馬がそういって、私服を貸してくれた。黒いシャツで、なんかすごくオシャレだ。彼自身はジャージを着ている。

「午後から体育館で小学生たちとバスケットをやるんだ」

学習ボランティアというやつだ。夏休みとか期間限定でやる地域交流的なやつ。

「いや、別に内申点を稼ごうと思ったわけじゃない」

冬馬《とうま》はいう。

「今回の最初の殺人のあと、すぐに生徒会のやつらに頼んで学習ボランティアを代わってもらったんだ。目的は当然、犯人をつかまえるためだ」

冬馬と春山《はるやま》くんは同じ高校に通っている。中高一貫のこの辺りでは一番の進学校だ。秋山《あきやま》さんは女子校だが、大学受験に向けて通っている予備校が同じらしい。

それですぐ集まったらしかった。優秀な三人だ。

「夏目《なつめ》も連絡先教えておいてくれたらよかったのに」

五年前、俺はひとりで八月事件を解決しようとしていた。自転車でぐるぐる市内をまわっていたところ、冬馬が声をかけてくれた。

一緒に探そうということになり、冬馬の人望でやさしい春山くんと、しっかりものの秋山さんが加わった。

春山くんの春、夏目の夏、秋山さんの秋、冬馬の冬。

四人あわせて春夏秋冬。子供の考えそうなことだが、あの頃は本当に子供だった。

「春山くんはもう犯人の目星がついているっていってたけど」

「うん。僕たちは、犯人はこの小学校のなかにいると思っている。五年前も今回も、ここが舞台だった。特に今回はひとり目が行方《ゆくえ》不明になったとき、過去の経験から学校側はすぐに警備を固めた」

通学路を保護者が見守ったり、休んでいる生徒は必ず連絡して本人の声をきくといった体制を敷いたらしい。もちろん、遊んでいるときにひとりにならないよう指導もしているという。

「それでも犯行ができるのは、多分、いろいろな事情に詳しいからだよ。つまり、小学校の内側にいる人間だ」

月子《つきこ》は女の子同士ということで、後ろで秋山さんと会話している。秋山さんが典型的な委員長キャラなので、話題も優等生的だ。久しぶり、からはじまって、今なにしてるの。月子はツンとしているのは相変わらずだが、俺以外にはわがまま放題しないので、微妙な距離感の女子特有のふわふわトークが繰り広げられていた。

「でも、五年前の事件と今回の事件、その両方に精通している内部の人間がどれくらいいるだろう」

現在の六年生は五年前の当時、一年生として学校にいたが、さすがに除外していいだろう。

「五年前も、そして今もこの小学校に籍を置いている人間が三人いる」

冬馬がいう。

「まずは校長先生」

「え？　かなりおじいちゃんじゃなかった？」

「俺らのときの校長はもう退職してる。吉村《よしむら》だよ、吉村。今、校長やってるんだ」

吉村先生は俺たちが小学生のときのとなりのクラスの担任だった先生だ。かなり几帳面なタイプで、授業がはじまる前の、起立、気をつけ、礼の動作をちゃんとやらない生徒に対してかなり厳しく指導していた。

「校長になってからも授業のみまわりをして、教育熱心だって保護者からの評判もいい」

「小学生からしたら緊張するよな」

「校長が教室の後ろにいたらふざけられないもんな」

冬馬《とうま》は犯人の目星について話をつづける。

「あと学童の神崎《かんざき》さんもまだいる」

中年の女の人だ。とても優しい人で、親が仕事で忙しい子供たちが放課後、楽しく学校に残っていられるよう、いつも明るく振る舞っていた。人数合わせのため、子供たちに交じって慣れないサッカーをしていた。

「また事件が起きて、神崎さんは相当まいってるらしい」

そして——。

「最後は花《はな》ちゃん先生だ」

「え？　まだ先生してるの？」

花ちゃん先生は俺たちが五年と六年のときの担任の先生だ。当時、二十代前半だったから、今は後半か三十といったところだろう。

「もっと給料の高い職業に転職したいっていってなかった？」

「何年か前に、教師でやってくって腹括ったらしいぜ」

そして、花ちゃん先生は雪見《ゆきみ》の担任でもあるらしい。

「自分のクラスの生徒が行方《ゆくえ》不明になって、花ちゃん先生もかなり落ち込んでる」

そうだった。世間的には雪見もさらわれて行方不明になっているのだった。

今ごろ着ぐるみパジャマのまま、俺の部屋でごろごろしたり、ゲームをして遊んでいると知ればどう思うだろうか。しかし予知の件があるので、花ちゃん先生に本当のことを伝えることはできない。

職員室に挨拶にいくと、その花ちゃん先生がいた。

「うわ～、久しぶり～！　夏目《なつめ》くん背のびたね～」

いつもの明るい花ちゃん先生だった。でも、月子《つきこ》の顔をみると、大人っぽい教師の顔になり、おもむろに立ちあがって月子を抱きしめた。

「大丈夫？」

「はい」

月子《つきこ》も先生を抱きしめ返しながらいった。

「平気です。今度は私が助けます」

こうして挨拶がすみ、俺と月子も学習ボランティアに参加するというかたちで、小学校の出入りが許されることになった。

職員室で近況報告をしているうちに午前の授業が終わる。ほとんどの生徒は親のお迎えや、集団下校で帰っていく。

俺たちは体育館で、小学生たちを相手にバスケをすることになった。希望者だけなのだが、毎回、二十人ほどの生徒が残るらしい。体育館にいってみれば、クラスも学年もばらばらの子供たちが二十五人集まっていた。

「はい、じゃあ準備体操して」

バスケ経験者の冬馬《とうま》が手際よく仕切る。春山《はるやま》くんはそのあいだに学年や体格をみながらチームを決め、秋山《あきやま》さんが初参加の女の子の話し相手になる。完璧な連携。

俺と月子は柔軟が苦手な子供たちの背中を押した。

月子は花《はな》ちゃん先生から借りたジャージに身を包み、動きやすいように髪をポニーテールにしている。月子に背中を押してもらう男の子たちはみな顔を真っ赤にしていた。

それから子供たちと一緒にミニゲームをして汗を流した。

「はいこれ」

休憩時間、外で休む月子にスポーツドリンクを手渡す。月子はジャージの上を脱いでTシャツになっている。前髪が汗で濡れて額に張りついている。

空はどこまでも青く、蝉《せみ》が鳴いていた。平和な風景。もし事件のことを忘れてしまうことができたのなら、ノスタルジックでのどかな夏の午後といえただろう。

でも、俺は月子の横顔をみながら思いだす。

『大丈夫？』

花ちゃん先生は月子を抱きしめてそういった。あの言葉からは、この子を守ってあげたい、という感情が強く伝わってきた。そうだ。月子は殺されかけて、その事件の犯人はまだつかまってなくて、この街にいるかもしれない。そしてまた同じ事件が今も起きている。

月子が大丈夫なはずない。

「なに？」

俺の視線に気づいて、月子がこっちを向く。

「いや、特に」

「そう」

月子は遠くをみる。そしてしばらく物思いにふけったような顔をしたあと、いう。

「ごめんね」

「え？」

「夏目《なつめ》、ずっとテストの点よかった。冬馬《とうま》くんや春山《はるやま》くんが通ってる学校にいけたのに、普通の公立に進学した」

「いや、私立いく余裕がなかったっていうか……」

「説得力ないよ。家族についていかずに、この街に独り暮らしで残ってるんだから」

俺はなにもいえない。

「別に私のことがしんどくなったら、いつでも見捨てていいから」

「なにいってんだよ」

「白瀬《しらせ》さんのことも、ホントに怒ってないから」

これ以上、重荷になりたくない、なんていう。

「私、わかってるから。夏目が私をほっておけないから一緒にいてくれてるだけってこと。だから白瀬さんといい感じになれて、もし夏目がそうしたいなら、なにもいわないから」

「あ、うん」

俺がうなずくと、月子《つきこ》が片眉を吊りあげる。

「…………白瀬さんが夏目なんか相手にするはずないけど、万が一、そういうことになったら白瀬さんと付き合っていいからね」

「え？　ありがとう」

「…………」

月子は無言になったあとで――。

「そうじゃない！ そうじゃない！」

といって、ペットボトルを投げつけてくる。

「夏目のバカ！ ラーメン屋にひとりで入れない女の子なんていない！ おたんこナス！」

月子はツンツンした態度のまま、体育館へと入っていく。

「いや、ラーメン屋に入れない女子はいるだろ……」

俺は月子の背中に向かってつぶやく。

そんな感じで、最後はいつものふざけたテンションになってしまった。

でも、俺がすべきことは、月子のほうがかわいいとかいうことではなくて、月子が「ごめん」と謝らなければいけないような状況にさせないことだった。

俺たちは八月事件の過去を清算しなければいけない。

月子がひとりで道を歩けるようになって、俺に頼らないで生活できるようになって、はじめて普通のことができるようになるんだと思う。

休憩が終わったあと、また小学生に交じって下手なバスケをしながらそんなことを考える。

早く犯人をつかまえたい。

そして、犯人はどこにいるんだろうか。なにを、考えているんだろうか。

「必ず、犯人は襲ってくる」

体育館に向かう途中、冬馬《とうま》はいっていた。

「雪見文香《ゆきみふみか》の失踪は八月事件に関係ないかもしれない」

「どうしてそう思う？」

「八月事件は月曜に誘拐、金曜に遺体発見のサイクルだ。しかし雪見文香は第二の被害者が行方《ゆくえ》不明になった翌日に失踪している。もし第三の犠牲者になるのなら次の週の月曜日じゃなくちゃいけない」

さすが冬馬、よくわかっている。雪見は予知をベースに動いている。だから俺の部屋に身を隠したのは第二の被害者の事件が進行中のタイミングで、八月事件のパターンからは外れてしまっている。

「そして第三の殺人が起きる今週、月曜日に新たな行方不明者がでなかった。可能性はいくつか考えられる。極端な話、犯人が交通事故に遭った可能性だってゼロじゃない。でも、普通に考えれば――」

「誘拐することができなかった」

「学校も警察も本気だからな。ただ、パターンは崩れたが、金曜日に殺人のところだけはあわせてくる可能性がある」

そんな感じで冬馬たちが警戒していたところ、変質者の俺がやってきて、春山《はるやま》くんがタックルをくらわせたという流れだった。

俺はフリースローを失敗しながら考える。

可能性だけならなんでもありうる。でも、違和感があった。

八月事件の犯人はこれだけの事件を起こしてなおつかまっていない、かなり手ごわいやつだ。

第三の誘拐を失敗して、帳尻合わせに殺人だけするだろうか？

そもそも、誘拐を失敗するだろうか？

俺たちが気づいてないだけで、月曜日の誘拐は達成されているんじゃないのか？

全ての点と点がつながったのは、学習ボランティアが終わったあと、花《はな》ちゃん先生に帰りの挨拶をしにいったときだった。

体育館の鍵を渡し、あとは花ちゃん先生が職員室の戸締りをして校舎の警備システムをオンにしてみんなで学校をでるだけだった。

「少し気になったんですけど」

俺はいう。

「夏休みだから全員が授業に参加してるわけじゃないんですよね？」

「そうよ。公立だもの。中学受験をする子の一部や、勉強したい子が対象だから。といってもほとんどの子がきてるけどね。午前中だけだし、夏目《なつめ》くんのときよりみんな意識が高いのよ」

「でも、きてない子もいる。そしてそういう子たちは毎日、担任の先生が本人の声を電話できくようにしている」

「ええ」

「保護者と一緒にいることを確認しているわけではない」

「そこは難しい問題があるのよ。仕事が忙しくて子供を留守番させとかなきゃいけない家庭もあるし、子供に対する関心もそれぞれだから。両親だけで旅行にいっちゃう家もあるし」

ネグレクトのような問題。

「そういう家庭の子供で、授業中の態度がわるい子っていますか?」

「そういう子がどうかした?」

「もしかしたらその子はすでに誘拐されてるかもしれません。特に固定電話でなく、スマホを持っていてそこに連絡を入れている子です」

花《はな》ちゃん先生が口に手をあてる。思いあたる子がいたようだ。

「物部洋子《もののべようこ》ちゃん……勉強が苦手で、休みがちな女の子よ。がんばって授業にもでるんだけど、やっぱりわからなくて途中で保健室にいっちゃったり。今は両親が海外旅行にいって、自分はいきたくなかったから留守番してるっていってたわ……」

「なんか、ちょっと心配だね……」

月子《つきこ》がいって、花ちゃん先生がスマホをあわてて操作する。電話帳に登録済みらしく、すぐにコール音がなる。三回のコール音のあと、通話状態になる。

「物部さん!?」

花ちゃん先生は慌てている。しかし――。

『先生どうしたの？』

電話越しにきこえてきた声はのん気なものだった。

「えっと、その……」

『今朝、ちゃんと連絡いれたけど？』

「あ、そうだよね、あはは、先生、忘れちゃって」

ごまかすように笑う花ちゃん先生。

『私は大丈夫だよ。朝はテレビで再放送のアニメみてたけど、昼からは宿題やってたから』

進めた宿題は漢字ドリルと算数の問題集。

「そっか、えらいね。先生は忘れっぽくてダメだね、あはは、じゃあね～」

通話が切れる。

「ちょっと夏目《なつめ》くん、私がダメな先生みたいになっちゃったじゃない～！」

怒る花ちゃん先生。

「夏目のアホ～」

月子もここぞとばかりにのっかってくる。

「ま、物部《もののべ》ちゃんが無事ならいいんだけどさ」

「そうでもないかもしれない」

「え？」

たしかに今の会話は一見すると、とても自然だった。しかし――。

「物部さんの話したことは、おそらく犯人にそういえと事前に用意されていた想定問答だ。彼女の話した内容は、たしかにぱっときいた限りでは変なことはなにもない。でもそこには致命的なミスがあった」

俺は花《はな》ちゃん先生に向きなおっていう。

「犯人は大人で、あることに興味を持っていなかった。だから、その事前に用意した答えに無理があることがわからなかった」

花ちゃん先生も午前中から働いているから、その不自然さに気づかないのも無理はない。でも、雪見《ゆきみ》と一緒にいる俺にはわかる。

「物部さんがみたっていう再放送のアニメ、今日はやってないんですよ。カバディの大会に枠とられちゃったんで」

◇

俺と月子《つきこ》、冬馬《とうま》たち、花ちゃん先生で市内のマンションの前に立っている。

ここまでは花ちゃん先生の車できた。六人だから全員は無理かと思ったが、花ちゃん先生の車は大きなワゴンだった。俺たちが小学生の頃は軽自動車に乗っていた。でも、なにかと子供を運ぶ機会が多いため、思い切ってローンで買ったのだという。

その車で到着したマンションは、物部の住所ではない。冬馬たちが犯人の可能性があるといっていた人物の自宅だ。

俺にはこの人物が犯人である確信があった。

冬馬たちのあげた可能性の人物と、三木島《みきしま》がくれた今回の事件の第一、第二の遺体の状況の写真が頭のなかでつながった。それで、ここに向かってほしいと頼んだのだ。

「オートロックだね」

春山《はるやま》くんがエントランスでいう。

「部屋には、いるはずだけど」

夕暮れどき、件の部屋の窓からは明かりが漏れていた。駐車場にその人物の車があることも花ちゃん先生が確認済みだ。

「ここは夏目《なつめ》を信じて行動しよう」

冬馬《とうま》がいう。俺を信じるということはこのマンションの一室に物部《もののべ》が監禁されているという前提で動くことであり、つまり、今から不法侵入するということだ。

「うん、やろう」

月子《つきこ》がガラス扉に近づいて、そのすらりとした足をあげる。

「待て待て」

俺は月子を呼びとめる。

「え？　だってオートロックだし開かないんでしょ？」

「いや、蹴破るとかしないんだって」

なんてやりとりをしていると、後ろに控えていた秋山《あきやま》さんが前に進みでる。

「私にまかせて」

そういうと、インターホンにカメラのないことを確認し、テキトーな部屋番号を押す。そして人のよさそうな声で宅配便ですというと、エントランスの扉は開いたのだった。

「……私はそれをやろうとした」

月子がむすっとした顔をする。

「スマートにいこう」

エレベーターに向かいながら冬馬がいう。

「俺たちはあくまで一般人だ。物部さんが監禁されている証拠をつかんで、すぐに警察に連絡すればいい」

みんなスマホを用意する。録音したり、証拠を撮ったりするためだ。

エレベーターがついて、四階の角部屋のドアの前までくる。

「鳴らすよ」

花《はな》ちゃん先生が非通知で発信ボタンを押す。ドアに耳をつける俺たち。かなり怪しい。そしてそんなことをしたところで、きこえるはずがなかった。

「扉ぶ厚そうだし、奥の部屋にいたら鳴ってたとしてもきこえるはずないよ」

さっきは考えなしにドアを蹴破ろうとした月子がめちゃくちゃまともなことをいう。

「インターホン鳴らしてみる？」

秋山《あきやま》さんがあごに手を当てながらいう。

「もしかしたら中がみえるかもしれないし、なんなら扉が開いたところで足をはさんだりとか」

「どうだろうな」

冬馬《とうま》は難しい顔をする。

「相手が八月事件の犯人だとしたら慎重にいきたいところだ。訪問の意図をすぐに見抜かれるかもしれない」

そんなやりとりをしているうちに、月子の目がすわってくる。

俺は月子《つきこ》の手首をつかむ。恐ろしく熱い。今度こそ能力を使って扉をぶち破ろうとしているのだ。

俺は首を横にふる。人前で能力を使うべきじゃないし、なによりそんなにすぐに使ってばかりでは能力への依存が進んでしまう。

「でも――」

月子が泣きそうな顔をする。物部《もののべ》とかつての自分を重ねているのだ。月子はコミセンで何日も目隠しをされて監禁されていた。そのときの恐怖を忘れていない。物部を助けたいという気持ちと、あのときの記憶で、不安定になっている。

もしかしたら、フラッシュバックして、今も自分が監禁されているような恐怖を感じているのかもしれない。

「大丈夫だ」

俺は月子の肩をつかんでいう。月子の肌はどんどん熱くなっていく。

「特別な力なんて必要ない。知恵と勇気があればなんだってできる。なにも恐くない。俺が、証明してやる」

目についたのは廊下にある赤い金属製のボックスだった。消火栓、と書かれている。

「あ、わかった」

月子がいう。

「警報装置を押すんだね。そしたらみんな部屋から飛びだしてくる」

「いや」

俺はボックスをがちゃりとあける。そこには折りたたまれた、とても長く白い頑丈そうなホースが入っている。

「こいつを使う」

◇

「もっとゆっくり、もっとゆっくり！」

俺はスマホに接続したイヤホンマイクで月子に指示をだす。

『もっとゆっくりだって』

月子が声を張っていう。

すると降下する速度がゆっくりになる。

『夏目《なつめ》、私のことバカっていえないと思う』

「俺、月子のことバカっていったことないけど」

直情型だとは思ってるけどね。なんていってる余裕はない。

物部の部屋の前に、消火栓と書かれたボックスがあった。でも火災報知機を鳴らしたところで誤報と思われるのがオチだし、部屋からでてこない選択をされると打つ手がない。

そこで俺が思いついたた方法は――。

屋上からホースを命綱にして、窓に向かって降りていくという手法だった。

『ホントに大丈夫～？』

「ああ、順調だ」

俺はホースを胴体に巻きつけて、それを両手で握りながら、マンションの壁面をずいずいと下がっていく。ホースの反対側は屋上の手すりに結ばれていて、冬馬《とうま》たちがふんばりながら長さを調整してくれている。

作戦はシンプルだ。

非常階段で十二階建てのマンションの屋上にいく。そしてそこからホースを命綱にして降りていき、四階にある部屋の窓からなかをみる。物部《もののべ》が監禁されているなら、その様子をスマホで撮影し、それをもって警察に通報するというものだった。

みんなポカンとしていたが、他に穏便になかを確認する手段を思いつかなかったため、採用となった。

頭のいい冬馬なんかは、知性が敗北した気分だ、と嘆いていた。

そんなやりとりがあり、ホースを持って屋上にゆき、俺の体にホースを巻きつけ、反対側を手すりに結び、そのうえでホースの余った部分を冬馬たちが綱引きみたいに持ち、少しずつ俺を降ろしている。

俺はイヤホンマイクを使って、指示役の月子《つきこ》とやりとりをしている。

『もっと降ろしたほうがいい？』と月子。

「ああ。まだ十階だ」

スパイになった気分だった。ビルの壁に足をつきながら降りていく。背中を地面に向けているからそこまでの恐怖は感じな――。

とかなんとか考えているときだった。

『う、ぅえぇ～!?』

月子のあせった声がイヤホンからきこえてくる。

「どうした!?」

瞬間、視界が空に向き、胴体に巻きつけていたホースの部分に衝撃がくる。

高さにして二階分、いっきに降下したのだ。自由落下の速度だった。び～んとなって止まるから体への負荷がすごい。

「おい、そっちは五人いるんだぞ？　俺の体重くらいなんとかしてくれ～」

『ホースがつるつるしてるから、手汗で滑っちゃうんだって！』

春山《はるやま》くんが、『う～ん』とうなっている声もきこえてくる。

え？　マジでヤバいじゃんって思った瞬間だった。

『うわ、ごめん！』と冬馬《とうま》。

『私も握力が！』と秋山《あきやま》さん。

同時にぴんと張っていたホースがゆるみ、ひゅるひゅるひゅると長さが解放され、俺の体もいっきに落下。

「ぎゃ～！」

と情けない声をあげる俺。しかし。

『うおぉぉ！』

という春山《はるやま》くんの雄叫びと共にホースがとまり、俺はまたび～んとなって衝撃をくらいつつも、空中でぶらんぶらんしたあとで静止する。

『夏目《なつめ》、大丈夫？』

月子《つきこ》の声。

『地面に激突してない？』

「それは大丈夫」

死ぬほど恐いを思いをしたけど、長さは俺の体に巻く量で調整済みだ。屋上でみんなが手を離してしまったとしても、手すりの結び目と俺の体の結び目さえちゃんとしていれば地面に激突することはない。

『ごめん、落ちすぎた？』

月子がいう。

『引っ張り上げたほうがいい？　みんな力残ってなくて限界だけど』

いったん手を離してもらって、地面近くまで降りてそこから休んでもらったあとで引っ張りあげてもらえばいいかなんて考えた――そのときだった。

「やばい」

『え？』

運が良いのか悪いのか、ちょうど四階のところでとまってしまっていた。

そしてベランダの内側、大きな窓のカーテンの隙間から部屋のなかがみえた。

椅子に縛りつけられて、目隠しされている物部洋子《もののべようこ》がいた。しかしそれをスマホで撮影する余裕なんてなかった。

「犯人と目があった」

『えぇ～!!』

「なんか、こっちみながらナイフか包丁持った」

『ちょ、ど、ど――』

「今から一瞬こっちが引っ張るけど、みんなにあとちょっとだけがんばるようにいって」

『みんな、夏目が――』

俺は足をベランダの縁にかけて立つ。

そして右手でホースをつかみ、胴体の結び目を左手でほどいて抜けだす。そして両手でホースを持ち直した状態で、ベランダの縁を勢いよく蹴って空中に飛び出した。

マンションの壁とベランダが一瞬、遠ざかる。

でも上でみんながホースを支えているからすぐにホースがぴんと張って、勢いがついた状態で振り子のように戻ってくる。

手を離してそのままベランダのなかに突っ込んでいく。

ブランコをこいで前に跳ぶような感じ。

俺は質量のある塊になって体ごと窓を突き破って部屋のなかに飛び込んで、ガラスが割れてなんかちょっと体のあちこち痛いなと思いながらも、とりあえずがんばって着地しようとして、そしたら両足をしっかり開いた状態で右膝と右手を床につきながら左手を大きく広げるという完全なるヒーロー着地を決めてしまう。

うわ、すごい、なんて思ってるヒマはない。

俺は犯人と椅子に縛られている物部《もののべ》のあいだに着地していた。

犯人は包丁を構えている。

『警察呼んだ、警察呼んだ！』

イヤホンから月子《つきこ》の声。

そんなの待ってる時間はないし、月子の声にこたえている余裕もないし、どうしようどうしようって高速でぐるぐる考えて、相手包丁持ってるけど百均じゃない？　そんな切れ味すごくないんじゃない？　ってポジティブ俺ポジティブ、イエイ！　って感じになって、こっちは小学校のころから教室にテロリストが入ってきてそれをやっつけるイメトレやってんだよ、って思ったときにはもう犯人に向かって突っ込んでた。

「うおおおぉぉぉ！」

『魚《うお》？　さかな？』

肩から体当たりして、机がガーッてなって、テレビを倒しながら壁にくんずほぐれつぶつかって、相手が包丁振り下ろしてきて俺はぎりぎりで相手の手首を両手でつかむ。俺の眼球手前数ミリのところで包丁の刃先がとまる。

これはヤバい。ていうかそもそも窓から突っ込むって判断がわるかったんじゃないの？　あれじゃん？　対戦ゲームで熱くなって突撃して死ぬパターンのやつじゃん？

なんてネガティブになりそうになるんだけど、ちょっと待て、相手はいい年で、俺はバリバリの高校生だぞ、って思って自分を奮い立たせる。

「若さ最強！　若さ最強！」

包丁を持った手を押し返して、壁にガンガンぶつけて包丁が床に落ちたところで、俺は相手に蹴られて、ひるんだ隙をついて相手が包丁をまた拾って、俺は急いでその手を蹴っ飛ばしてまた包丁を落とさせて、でも相手は床を這《は》ってまた包丁拾って、俺はまた蹴っ飛ばして、お前、さっきからずっと包丁、包丁、って――。

「よっぽど好きみたいだなあ！」

『え～！』

イヤホンマイクが拾った俺の声に月子《つきこ》が反応する。

『わ、私が夏目《なつめ》のこと好きなわけない！　好きなわけない！　勝手に決めつけないで！』

相手は包丁をあきらめ、拳をかまえる。ステゴロで勝負ということらしい。そんなの全然やったことないけど、アドレナリンでまくってる俺はテキトーなことをいう。

「俺も好きだぜ、そういうの」

『ちょ、え、い、いきなりそんなことい、いわないでよ！』

相手が近づいてきて殴りかかってくる。避けようかと思ったけど、普通によけれなくて顔でもらってしまって鼻がツンとしてめちゃめちゃ痛い。

『たしかに恋人になったら、もっとちゃんとするっていうか、今より尽くすし……夏目がしたいこと、もうちょっとさせてあげてもいいって思うけど……』

俺はやたらめったら拳をふりまわす。相手も殴ってくるから痛いし、殴ってる自分の手も痛いし、鼻を殴られてるし涙がでてて視界がにじんでる。めちゃくちゃだ。

『でもそういうのはまだ早いっていうか……』

苦し紛れに頭突きをしてみたらこれがたまたま相手の顔に入って、相手はふらつきながら後ろにさがる。

『ていうか……やっぱダメ！　絶対ダメ！　だって夏目、白瀬《しらせ》さんとラーメンいった！』

相手はそのまま俺が割ったガラスをまたいでベランダにでる。そしてちらっと下をみて、ベランダの縁に足をかける。え？　死ぬ気？

『まずはちゃんと白瀬さんとの関係清算してから！』

相手は俺をみてニヤッと笑う。あ、これ、死ぬやつじゃない。逃げるやつだ。

『いや、私、別に彼氏を束縛したいとかそんなのこれっぽっちも思ってないよ？』

瞬間、俺もガラスを飛び越え、相手につかみかかる。相手が落ちようとしているところだったから、当然俺も一緒に落ちていく。でも離さない。

『でもさ、私だったら彼氏以外の男の人とふたりきりで絶対どこかにいったりしないし、そういうのわかってほしいし……ていうか！　そもそも私と一緒にいるんだから別に白瀬さんいなくてもよくない？　私だってそれなりだと思うし、そりゃ夏目にいろいろ我慢させてるのもわかってるけど、でももしそれで白瀬さんのほうにいってるんなら、私ももっと、その、恥ずかしいことでも……がんばるし……』

月子の早口をききながら落下、ガシャンと金属がつぶれる音。

『え？　ちょ、夏目？　どうしたの、夏目!?』

四階のベランダから落ちた場所は、花《はな》ちゃん先生のワゴンの屋根だった。犯人はこれをあてにしていたらしい。たしかに車がつぶれてなんとかなってるっぽいが、俺が上から一緒に落ちたものだから挟まれて苦しそうにうめいていた。

俺もかなり体のあちこちが痛い。でもそのかいあって、犯人も動けないようだった。

決着だ。

「いやあ、久しぶりですね」

俺はへろへろになりながら体を起こし、そいつに挨拶をする。

「吉村《よしむら》先生。今は校長先生ってお呼びすればよかったんでしたっけ?」

◇

ワゴンの屋根から降りて休んでいたところで、月子《つきこ》が駆けつけてくる。

「夏目《なつめ》～、大丈夫～!?」

「物部《もののべ》さんは?」

「そっちには先生たちがいった」

遠くからパトカーのサイレンがきこえてくる。

「救急車も呼んだほうがよかった?」

「一緒にきてるんじゃない？　物部さんを保護しなきゃだし。まあ、乗るのは彼だろうけど」

ワゴンの屋根でのびている犯人に目をやっていう。

「ホントに吉村先生だったんだ」

「ああ」

「なんでわかったの？　夏目、物部ちゃんの電話が変だってなって、すぐに吉村先生だっていったよね」

「それはな」

俺は周囲をみて月子しかいないことを確認し、こっそり教える。

「三木島《みきしま》に今回の第一と第二の事件現場の写真をもらったんだ」

最初は座った状態で、次は立った状態で遺体は発見された。いずれも椅子のある場所だった。

「もうわかるだろ」

「え？　あ、うん。わかる。私は完璧に理解している」

「吉村先生の性格と結びついて、ピンときたんだ。普段は温厚なのに、起立、気をつけ、礼をちゃんとやらない生徒にはめちゃくちゃキレてたな～って」

それで、授業態度のわるい生徒や、授業にでないような生徒が狙われているんじゃないかと考えた。物部は授業についていけず、保健室にいったり、休みがちだった。

「多分、第三の殺人が成功していたら、物部はおじぎした状態でみつかったと思う。そして第四の殺人では、また座った状態。起立、気をつけ、礼、着席が完成するんだ」

いわゆる見立て殺人。

「なるほどなるほど」

ふむふむ、私と同じ考えにたどりついたわけか、とうなずく月子《つきこ》。

「でも——」

月子はなにかいいたげな顔をしたあとで、やっぱりいいや、とばかりに俺のとなりに座る。

「おつかれ、夏目《なつめ》」

月子のいいたいことはわかる。でもまあ、今はそれはおいておこう。ひとつではあるけど、解決は解決だ。

「な、知恵と勇気があればなんでもできるだろ」

俺がいうと、月子は「ん?」と首をかしげる。

「若さでなんとかしてなかった?」

俺は吉村《よしむら》先生をやっつけた一連の流れを思い返してからいう。

「いや、知恵と勇気だ。パーフェクトに」

◇

犯人がつかまったその日は夜遅くまで事情聴取がつづいた。その翌日の金曜日、俺と月子は数日ぶりに夏休みの補習に登校した。雪見《ゆきみ》の小学校でやってる希望者向けの特別授業とはちがって、俺たちのはシンプルに赤点を取ったことによる補習だったため、休んだことについてめちゃめちゃ怒られた。

芥川龍之介《あくたがわりゅうのすけ》の『蜘蛛《くも》の糸《いと》』を読み、設問をいくつか解いた。指示語の内容を答えよとかよくあるやつばかりだったが、最後の設問だけ先生のオリジナルだった。

あなたにとっての蜘蛛の糸はなんですか。

白髪の定年間際のいつも物静かな先生の問いかけ。

窓の外からは蝉《せみ》の鳴き声。

俺は青い空を流れていく雲をぼーっと眺めながら考えた。

補習だけあって、受けているのはくだけたやつらが多い。野球部のやつが、「俺はスローカーブ」と笑いながらいう。試合中にずいぶん助けられているらしい。

俺は結局ほとんどの時間をその設問に使い、最後にこう書いた。

自分が誰かの蜘蛛の糸になりたい。

「夏目《なつめ》はなんて書いたの？」

午前中で補習が終わったあと、月子《つきこ》にきかれた。

「ないしょ。月子は？」

「私もないしょ」

なんてやりとりをしながら帰り支度をする。運動部のやつらは部活にいくし、俺たちは普通に家に帰る。

「私、今日ひとりで帰ってみる」

月子がいう。

「夏目の部屋にも寄らないから」

「わかった」

俺はうなずいて、ひとりで教室をでた。振り返ったとき、月子は目を閉じて胸に手を当てていた。

月子は小学生のときの事件以来、ひとりで自分の家まで帰れたことがない。誘拐されたときの記憶がフラッシュバックして、パニックになってしまうのだ。だからいつも俺の部屋に立ち寄る。そして俺が付き添って家まで送っていく。

それを乗り越えようとしているのだ。

「家ついたら連絡くれよ」

俺がいえるのはそれくらいのものだった。

ひとりでアパートの部屋に戻る。少し、広く感じた。

雪見《ゆきみ》はもういない。犯人がつかまり、親のところへ帰っていったのだ。行方《ゆくえ》不明事件として
ニュースで報道されるほど大事《おおごと》になってしまい、日常に戻るのは大変かもしれない。でも、そ
のくらいひとりでなんとかします、と明るい顔で部屋をでていった。

そして月子もまた、ひとりでなんとかしようとしている。

俺は待っているあいだ、マンガを読もうとする。でも、すぐに月子のことを考えてしまう。

学校と自宅の中間に位置する俺の部屋まではひとりで帰れる。その先になるといつも途中で
うずくまったり、ひどいときは泣きだしてしまう。

今回は大丈夫だろうか。

何度も時計をみる。

もし、月子がちゃんとひとりで帰ることができたらどうなるだろう。きっと、過去の傷を克
服できたということで能力を失うのだろう。そしたら俺を頼る必要もなくなる。

今までありがとうといって、月子が俺から離れていく未来だってありうる。

それでも俺は、月子がひとりで家に帰れるようになってほしいと思う。

なんて考えながら、動画をみたりしているうちに小一時間ほどが過ぎている。

月子から家についたという連絡はない。

脳裏に、月子《つきこ》が人のゆきかう道で、ひとり頭を抱えているシーンが浮かぶ。

今すぐにでも迎えにいきたい。でも俺は我慢する。月子だってがんばっているのだ。過保護になるのもよくないだろう。

それから、さらに三十分が経過する。

まだ月子からの連絡はない。もしかして、泣いてるんじゃないのか。

そう思うと、もういてもたってもいられなかった。

スニーカーを履いて外に飛びだす。しかし――。

扉を開いてすぐのところで、月子はしゃがんで壁にもたれていた。俺の想像していた感じとはちがう。退屈そうにスマホをいじっている。

「遅い！」

俺をみあげながら、不機嫌そうな表情でいう。

「私からの連絡がないんだからもっと早く迎えにくるべきでしょ！」

「ええ～！」

「心配じゃないの？」

「いや、ここは月子がドラマチックにがんばるとこかなって思ったからさあ」

月子は一歩も前に進むことなく、いつもどおりこの部屋に直行してきたらしかった。

「私が離れられないほうが夏目《なつめ》もいいでしょ？　かまってくれる女の子、他にいないんだから」

そういって俺の部屋にすたすたと入っていく。

「お昼食べたの？」

「いや、まだ」

「そう」

月子は台所に立つと、冷蔵庫を開く。なかは月子が充実させている。野菜を取りだし、慣れた手つきできざみ、フライパンで炒め、ホワイトソースをからめる。

パスタを茹ではじめたところで、月子はぽつりという。

「ごめんね」

俺は月子の背中をみながらこたえる。

「いいよ」

月子が前に進めないのは仕方がない。

なぜなら俺たちがつかまえた犯人はただの模倣犯だからだ。

吉村《よしむら》先生は今回の事件の犯人にすぎない。

五年前の八月事件の真犯人は別にいる。

第三章　雪見万華鏡

週末、俺と月子《つきこ》は電車に乗り、夜見坂市《よみさかし》をとびだし、都市部の街にきていた。月子の身だしなみもよそ行きで、髪はよくとかされているし、上品なシャツとロングスカート、とても小さな革のカバンを肩からかけている。

夏の日差しをよけ、人がたくさんいるアーケードの下を歩く。同年代や若い男はみな、月子に視線を送る。女の人を連れている男も、思わず月子をみてしまうようだった。

でも月子を連れていても特においしいことはなく、手をつなぐことはおろか、月子はつんと澄ました顔で会話すらしないのだった。

別に珍しいことではなく、これが通常運転だ。

映画館の前で、ふたりならんで立つ。微妙にあいた距離感。水彩画にすれば、ちょっとした作品になるかもしれない。タイトルは『つれないふたり』。

しばらくしたところで、待ち人がやってくる。

「お待たせしました」

「雪見《ゆきみ》ちゃんかわい〜！」

月子が歩みよる。

「普通の格好はじめてみた！」

雪見はもう猫になっていなかった。オーバーサイズのTシャツにチェックのスカート、利発そうな小学生って感じだ。

「じゃあ、映画館入ろっか」

月子がいって映画館に入り、三人ならんで座る。なかはクーラーが効いていて快適だった。

観たのはスパイアクションだった。銃をバンバン撃って、建物の上を走って、核のスイッチが押されるのを防いで、かっこいいテーマソングが流れる。

「すごかったです!!」

上映のあと、雪見ははしゃぎながらいった。

「迫力がすごかったです！　音楽もお腹《なか》に響きました！」

映画館が初めてだったらしい。

「お父さんとお母さんに連れてきてもらったことないの？」

月子がきくと、「はい」とこたえる。

「ふたりとも映画は好きみたいですが、大きいテレビもあるので、それでみればいいやという感じでした。私もそれでいいと思ってました」

たしかに話の筋を追うだけなら、そっちのほうが効率的だ。でも映画館の音響とスクリーンで観たほうが、テレビで観るより面白く感じるし、それに――。

「有名な映画監督がいってた。映画館にいくというのはマルチタスクからの解放だそうだ。映画館にいけば、映画を観る以外になにもできない。家事をしながら観るとか、そういうのがない。集中できて、日常からの解放になる」

「あ、そういう教育テレビなコメントはけっこうです」

「ええ~俺、今いいこといったじゃん~」

「こっちは映画でテンションあげてるんで」

「だよね。いこいこ~！」

女子ふたりが次に向かった先は、SNSで映《ば》えると話題のカフェだった。アンティーク調の店内、俺はコーヒー、月子《つきこ》は紅茶、雪見《ゆきみ》はココナッツジュースを注文した。

「私はコーヒーも飲める大人な小学生ですが、ここはジュースにしておきましょう。映えのためです」

生クリームで埋め尽くされたパンケーキが運ばれてくると、ふたりはスマホで撮りまくった。

「映えは大事よね」

「はい、私のクラスでも見栄の張り合いで大忙しです！」

女子の世界は大変らしい。

「高校生のお姉さんとおしゃれな店にくるのはポイント高いです。マウントとりまくれます！」

「じゃあ、写真撮りまくろ～！」

俺は月子と雪見にスマホを渡され、カメラマンとして働く。

楽しそうにじゃれあう月子と雪見。ふたりで顔をくっつけたり、ピースサインをしながら自撮りをしたり、まるで姉妹のようだ。

「雪見ちゃん、ほっぺにクリームついてるよ～」

「月子さんこそ、鼻についてます。美人が台無しです！」

笑いあうふたり。

でも、雪見が美味《おい》しそうにパンケーキを頬張っているのをみながら、月子が突然、「う、う、う、うわ～ん！」と泣きだしてしまう。

「え、え？　急にどうしたんですか？」

「だって～ホントによかったな～って」

月子は雪見を抱きしめる。

「こうやって堂々と外にでれるんだもん」

「それはそうですね」

「もう予知は大丈夫なの？」

月子がきくと、雪見は、「はい」とこたえる。

「予知も消えましたし、能力もなくなりました」

「能力消したの？」

「三十一日まで待たずとも、犯人がつかまり、予知が消えた以上、もう必要ありませんから」

「簡単に消えた？」

「はい。ベッドで寝れば消えるような気がしていましたが、実際そのとおりで、朝起きたらもうスマホに未来のヘッドラインは表示されなくなってました」

雪見《ゆきみ》は副作用と使用条件が表裏一体のタイプだったようだ。クローゼットや押し入れのなかで寝ていれば予知は持続するが、ベッドで眠れば消えてしまう。

「そっか、ちゃんと能力消したんだ」

月子《つきこ》はいう。

三木島《みきしま》の話では、能力に依存した能力者の末路というのは悲惨なものだ。副作用がひどくなったり、能力を暴走させたり、最悪の場合には廃人になってしまう。

去年の冬、白瀬《しらせ》さんもかなり危ないところまでいった。

「夏目《なつめ》さんとの約束でしたから」

雪見が猫になって隠れ、俺が死の予知を引き受ける。

代わりに助かったときは、能力に依存したり暴走させたりしないために、能力を手放す。

雪見はその約束を守ったのだ。

「そうなんだ。うん、そのほうがいい。絶対いいよ」

私も見習わなきゃ、という月子。

「えらいね、雪見ちゃんは」

「えへへ」

それからふたりは服をみるといって、駅ビルにいって、わいわいきゃっきゃした。買うことはなく、ただみているだけで楽しいようだった。俺はただ後ろからついていった。

石鹸やアロマのコーナーでもふたりは香りをかいだりしてはしゃいだ。俺の存在は忘れ去られた。

仕方がないので、スマホをいじる。

ニュースサイトをみれば、逮捕された吉村《よしむら》先生の事件が報じられた。

「やっぱり模倣犯か……」

供述によると、第一の殺人は事故だったらしい。

素行のわるい生徒を思わず叩《たた》いてしまったところ、倒れて、打ち所がわるく動かなくなってしまった。そこでちょうど八月だったこともあり、過去の八月事件の犯人のせいにしようと思ったらしい。ひとつの嘘《うそ》をつきとおすために、さらに大きな嘘をつくといった具合に、素行のわるい生徒を対象にして、新・八月事件をでっちあげようとした。

起立・気をつけ・礼の見立てにしようとしたのは素行の悪い生徒たちが死後改心するように

という気持ちでやったとのことだった。これは他人には理解できない動機だろう。

そして記事によると、吉村《よしむら》先生が五年前の犯人でないことは確定的らしかった。

当時、吉村先生の身内が体調をくずして、そのため田舎に帰っており、夜見坂市《よみさかし》にはいなかったことが確認されている。だから五年前の犯行は不可能だった。

俺は最初から今回の事件の犯人が、過去の事件とは別人だとわかっていた。

それは三木島《みきしま》がつくりだした真犯人だけが知っている事実によるものでもあったし、月子《つきこ》も、直感的にわかっていただろう。過去の事件では、遺体を座らせたり立たせたりなんてしていない。ただ無造作に捨てられていた。

月子が過去の事件への恐怖を捨てきれないのも無理はない。

おそらく犯人はまだ、夜見坂市を普通に歩いている。

「そろそろ帰りましょうか」

日が傾きかけたところで、雪見《ゆきみ》がいう。

「え？　もうちょっと遊んでいかない？」

「少しつかれたんです」

雪見はいう。

「それに本番はここじゃありませんし」

「そうだね、そのとおりだね」

今日のメインは、ピザをいっぱい注文して、食べながら、俺の部屋で夜通し映画を観るというものだ。

事件が解決したらみんなでしようと約束していたことだ。

『五年前の犯人はつかまってないけど、雪見ちゃんは安全になったんだからそれで十分だよ。やろうよ』

月子がそういったのだ。

「それでは夜見坂に戻りましょう。さ、さ」

「やけに急ぐんだな」

俺が言うと、「当然です」と雪見はいう。

「善は急げというやつです!!」

雪見が月子の手を引いて前を歩く。駅に向かうわけだが、月子は気が散るタイプなので、ちょいちょいショーウィンドウの前で足を止める。

「このスニーカーかわいい〜。みてっていい？」

月子がいうが、雪見はぐいぐいと月子の手を引っ張る。

「スニーカーよりも映画とピザです。私は早くあのソファーにおさまりたいです！　さあ、立ち止まってないでいきましょう！　さ、歩いて、歩いて」

「ホントに楽しみなんだね〜」

月子《つきこ》は嬉しそうな顔をしながら、スマホを操作しはじめる。

「もう時間指定でピザいっぱい注文しちゃお～」

「トッピングもお願いします！」

「ちょっと頼みすぎじゃない？」

俺がいうことを女子ふたりはきいていない。

そんな感じで駅につき、ベンチに座って帰りの電車を待つ。雪見《ゆきみ》は手元の時計をみて、なんだかほっとした表情をしている。

「雪見ちゃん、パジャマは持ってきた？」

「黒猫パジャマを置きっぱなしにしているのでそれでいいかな、と」

電車がホームに入ってくる。ふたりが立ち上がろうとする。俺はそれを手で制した。

「この電車は見送ろう」

「え？　なんで？」

月子が不思議そうな顔をするが、俺は首を横にふる。電車が停車し、乗客が降りはじめる。

「あの……せっかく電車がきてるんですから乗りましょうよ……」

雪見が俺の服の裾を引っ張る。俺は逆にその手をつかんで雪見を引きとめた。

「この電車には乗らない」

そんなやりとりをしているうちに新たな乗客が乗って、電車が出発する。

「まあ、すぐ次くるからいいけどさ」

月子はそういうが、一分もしないうちに駅のアナウンスが流れる。

次の電車が前の駅で脱輪してしまったらしい。復旧にはかなり時間がかかる見込みで、振替乗車が案内される。

「えぇ～！　も～、さっきの乗ればよかったじゃん!!」

肩にパンチしてくる月子。

俺はそれにはかまわず、雪見をみつめる。

雪見は不自然なほど俺たちをせかして、さっきの電車に乗ろうとしていた。俺はある可能性に思い至って、それを確かめるために電車を見送った。結果として、次の電車が脱輪して、見送った電車に乗っていれば平気だったのに、帰るのが遅くなる事態になっている。

なぜ、雪見は俺たちをせかしたのか。その理由はひとつしかない。

俺は黙ったままの雪見に向かっていう。

「大幅なダイヤの乱れが起きること、知ってたろ」

雪見はなにもいわない。

でもそのまま、俺はその核心にふれる。

「能力、消してないんじゃないのか」

この電車遅延は、明らかにヘッドラインにでるくらい大規模なものだ。ヘッドライン予知があれば事前にわかる。そして、わかっていれば回避したい。

俺がそのことについていうと、雪見《ゆきみ》は「あ〜あ」と冷めた表情になる。

「夏目《なつめ》さんと月子《つきこ》さん好みの雪見文香《ふみか》でいたかったのになあ」

その顔は俺の知っている雪見ではなかった。

「未来のことがわかる。こんな便利な能力、手ばなしませんよ」

◇

「な、なんでこんなことに……」

俺の部屋、ソファーに座りながら月子がいう。

「私がいないとピザ十枚も食べきれないでしょ？」

こたえるのは白瀬《しらせ》さんだ。

ひとつのソファーに俺をはさんで白瀬さんと月子が座っている。ソファーはそんなに広くないからぎゅうぎゅうだ。左側で白瀬さんは俺に体を寄せながら意味ありげに、にっこりとほほ笑み、月子が右側からそれを威嚇している。

なぜこんなことになったのかというと、話はとてもシンプルだ。

雪見と言い合いになり、彼女とはその場で別れることになった。

『話になりませんね』

そういって、雪見はひとりで去っていった。

俺と月子は駅のホームに取り残された。いろいろと思うところはあるが、目下の困ったことといえば、頼んでしまったピザだった。

『ピザどうする？　ふたりだと食べきれないだろ』

と、月子と相談していたところ、偶然、白瀬さんが通りかかったのだ。モデルの仕事帰りだったらしい。

『私が手伝ってあげよっか？　ピザ』

白瀬さんは爽やかに笑ってそういった。

さすがに俺と月子だけで十枚は厳しいので、雪見の代わりに参戦してもらうことになった。

そういうわけで、月子と白瀬さんにソファーで挟まれながら映画を観るという状況ができあがったのだった。

「モデルの仕事してるなら、ピザなんて食べないほうがいいのではないでしょうか……」

借りてきた猫になっている月子がおずおずという。

「私、太らないタイプだからさ」

白瀬さんは涼しい顔でチーズがたっぷりのったピザを口に運ぶ。

「別に泊まらなくてもいいのに……」

「十枚も食べてたら電車なくなっちゃうよ」

白瀬《しらせ》さんはもうシャワーを浴び、月子《つきこ》が部屋に置いているジャージを着ていた。

最初、月子は自分の服やシャンプーを貸すのをしぶった。しかし。

「じゃあ夏目《なつめ》くんのシャンプーとボディソープ使わせてもらうね。服もちょっと大きいけどいいかな？　彼シャツみたいになっちゃうけど」

白瀬さんがそういうと、

「ど、どうぞ私のを使ってください……」

と月子はぐにゅうと悔しそうに顔をゆがめながら手渡した。

月子は意外と人見知りなところがあるから、この三人の組み合わせに緊張していた。

でも俺の部屋は月子にとってホームグラウンドなので、さすがに映画を一本観終わるころには慣れたようだった。クッションを抱え、いつものようにリラックスする。白瀬さんは緊張しないタイプのようで、最初から肩に力が入っていない。

そんな感じで、俺たちは気だるげな雰囲気で映画を観つづけた。油絵にでもすれば、これもまた様になるかもしれない。タイトルは『深夜上映会』。

俺は映画を観ながら、その内容はあまり頭に入ってこなかった。

家に帰ってくる前に起きたことをずっと考えていたのだ。

駅のホームで雪見《ゆきみ》はいった。

『こんな便利な能力、手ばなしませんよ』

あのとき、俺はその場から離れようとする雪見を呼び止めていった。

「能力は手放したほうがいい。使いつづけているといつか身を滅ぼす。去年の冬、それで大変なことになった女の子をみた」

「大丈夫です。私は使いこなしてみせます」

雪見はゆずらなかった。

「ヘッドライン予知は便利なものです。一行ぶんでも世の中のことを先に知っていれば人より先に準備できます。どこかの企業が画期的な発明をしたという発表を事前に知っていれば、それでお金を稼ぐことだってできるんです」

もちろん、そういうずるいことにはつかいません、と雪見はいった。

「人生における不慮の失敗、落とし穴を避けるためです。私は日々、努力して生きています。身だしなみだって、勉強だって、運動だって他の人よりがんばっています。それがただの不運で間違ったものになったら悲しくありませんか？」

たしかにヘッドライン予知があれば、今回のように自分が通り魔的に殺されたり、地震なんかの災害で死ぬことを回避できる可能性が高い。

「私は自分の努力がちゃんと報われる、正しい人生を維持するためにこれを少し使うだけなんです」

「予知能力がなくてもそれはできるんじゃないのか？」

「お気楽にレベルの低い高校に通っている夏目《なつめ》さんに私の気持ちはわかりません。私は〝まちがい〟をしません。でも、努力不足の他人の〝まちがい〟に巻き込まれたり、不運な出来事でねじまげられることはあります。それをこの能力を使って防ぎます」

「将来、副作用や能力の暴走で自分が苦しむことになる可能性があったとしても？」

「そういうことです。私の死の予知を消してくれたことには感謝していますが、事件が終わったら能力を手ばなすという約束は守りません」

「最初からそのつもりだったのか？」

「もちろんそうです」

俺たちのやりとりをとなりできながら、月子《つきこ》は泣きそうな顔になっていた。

「雪見《ゆきみ》ちゃん、一緒にピザ食べようよ〜映画観ようよ〜」

しかし月子の声が雪見に届くことはなかった。

「それでは失礼します。約束を守る気がないことがバレてしまった以上、夏目さんたちとは一緒にいられませんからね」

あのときの雪見の顔は、俺の知っている雪見の顔ではなかった。とても冷静で、まるで大人みたいだった。俺の前で猫になっていた面白おかしい雪見は、ただの演技だったのだろうか。

そんなことをずっと考える。

俺を現実に引き戻したのは白瀬《しらせ》さんだった。

「雪見さんのこと考えてるんでしょ」

映画を二本観終わって、三本目を月子が配信サービスから選んでいるときのことだ。月子はこういうところでは優柔不断なので、時間がかかる。

「私、雪見さんのこと前から話にはきいてたよ」

白瀬さんは駅で、雪見とのやりとりの一部始終をみていた。でも、それよりももっと前から雪見の存在を知っていたという。

「雪見ってそんなに有名なの？」

「私の妹がね、ちょうど小学五年生なんだ」

「もしかして夜見坂《よみさか》東《ひがし》？」

「そういうこと。ついでに雪見さんと同じクラス」

白瀬さんが教えてくれようとしているのは、俺の知らない、雪見の別の顔だ。

月子は難しい顔をして映画を選んでいる。

白瀬さんは話をつづける。

「私の妹はなかなかおしゃべりでさ、学校であったことを毎日話してくるんだ」

　そのなかに雪見《ゆきみ》もそれなりの頻度で登場するという。

「妹からきく雪見さんはね、夏目《なつめ》くんからきく雪見さんとは全然ちがう」

「どんな印象？」

「ん〜そうだな〜」

「ストレートにいっていいよ」

「じゃあ」

　妹からの伝聞だけど、と前置きしてから白瀬《しらせ》さんはいう。

「息苦しい子」

　折り目正しい優等生で、しかしそれが行き過ぎていて、同じクラスの女の子たちからすると、かなりめんどくさいタイプらしい。

「妹がゲーム機を学校に持ち込んだら、雪見さんにしっかり先生にチクられたんだって」

　雪見は別に先生に媚《こ》びるためにそういうことをしたわけではないという。

「ゲーム機がみつかって妹が怒られるのは勝手だけど、授業が中断したりするのがイヤだから先に先生に報告したんだって」

　つまり、時間のロスを防ぐという目的。効率化。

「班での活動や、チーム競技なんかで足を引っ張る子がいると切り捨てたがる傾向があったみたい」

そういうメンバーがいるのは、雪見にとって〝不運〟であり、極力排除したい要素ということなのだろう。

「雪見はとにかく失敗したくない、みたいなことをいっていた」

「ここにもひとり失敗したくない人がいるけどね」

白瀬さんは月子《つきこ》をみる。

月子はうんうんうなりながらまだ映画を選んでいた。

「だって〜、観たけど面白くなかったらイヤじゃん〜」

「そういう映画を観るのも映画鑑賞の醍醐味《だいごみ》だろ」

「夏目だって動画を観るときは切り抜きで再生数多いやつ選ぶじゃん」

「やっぱ面白いとこだけみたいんだよな〜」

そう、俺たちだって失敗なんてしたくない。タイムパフォーマンスとコストパフォーマンスを意識して、最初から面白いとわかってる映画や動画を倍速でみたい。

その考えを押し進めれば、たしかに未来を知っておくという結論になるのだろう。

「あと雪見さんは中学受験で私立への進学を希望してるらしいよ」

校名をきけば、冬馬《とうま》と春山《はるやま》くんが進学した有名私立大学付属の中高一貫校だった。エスカレーターでの進学が期待でき、さらに日本最高峰の国立大学に進学する生徒も毎年多く輩出していて、攻守ともに隙がない。

「小学校までは普通の公立で地元のいろんな人と関わって、中学からはエリート校にいってそこで生涯の友だちをつくるんだって」

それが雪見《ゆきみ》家の教育方針らしい。

いずれにせよ――。

「雪見は正しい人生というものを強く思い描いていて、失敗しないために能力を使おうとしている」

もちろん構わない。

しっかり努力していい学校にいって、パーフェクトな毎日を過ごしたい。俺と月子《つきこ》は遊ぶのが好きで流されがちで、ふにゃふにゃした日々を送ってるけど、できるんだったら絶対そっちのエリートコースのほうがいい。

能力だって上手く使えるんだったら使えばいい。でも――。

「私がいうのもなんだけど」

白瀬《しらせ》さんはいう。

「雪見さんの能力、限界だと思う。最後、みたでしょ？」

俺がうなずこうとしたところで、月子が「決めた！」という。

「この映画にします」

それはあまり有名ではない映画だった。ポップなギャング映画で、一緒に観たことがある。

おしゃれでセンスがいいとふたりで盛りあがった。

「月子、置きにいったろ～。白瀬さんにセンスのいい女と思われようとして」

俺がいうと、月子は顔を真っ赤にしながら、俺の肩をぽこぽこ殴りはじめる。

「だって～!!」

「まあまあ」

と、白瀬さん。

「私、京野《きょうの》さんが好きな映画観たいよ」

めちゃくちゃ大人だ。

月子は、「私は見栄っ張りではない」といいながら再生ボタンを押す。白瀬さんがコップに人数分コーラを注いでくれる。

画面のなかではキメッキメのギャングたちがこじゃれたジョークを口にしながら登場。キャッチーに銃を撃ちまくり、煙草《タバコ》を吸ってポイポイ捨てて、そこからタイトルコール。

月子は、ぽけっとした顔でそれを観ながら、なんともなしにいう。

「雪見ちゃんはいい子だよ」

俺はピザを食べながらこたえる。

「知ってるよ」

◇

押し入れのなかで横になっている。雪見《ゆきみ》が使っていた寝床だ。入ったときはちょっと面白かったけど、暗いし独特の匂いがあるし、湿気もちょっと感じるし、決して快適ではない。一時間もいれば、でたくなる。絶対、ベッドで寝たほうが気持ちいい。

でも雪見はいつもこうやって寝ているのだ。

押し入れの外からは月子《つきこ》と白瀬《しらせ》さんの声がきこえてくる。

「夏目《なつめ》くんこのベッドで寝てるのかあ」

「白瀬さんはこっちのタオルケット使って」

「それ、京野《きょうの》さんのでしょ？　夏目くんの使うからいいよ」

「い、いや、ダメだって。く、くさいよ……絶対！　美人は夏目のタオルケット使っちゃいけないんだよ！」

映画を四本観たところで空が白んでいた。月子も白瀬さんもうとうとしていたので、じゃあ寝ようということになったのだ。

月子と白瀬さんがベッドで寝ることになり、俺の寝床は必然的に押し入れになって、こうやって暗闇で転がっている。

「京野さんの肌、あったかいね」

「ちょ、し、白瀬さんっ」

「へえ、着やせするタイプなんだ」

「だ、だめっ、私、感じやす――」

俺が姿を消したことで完全に女子ふたりの感じでじゃれているようだ。

こういうとき女の子は切り替えが早くてすごい。俺はやっぱり雪見のことを考えてしまう。

猫の姿で面白おかしく振る舞う雪見。

エリート志向の強い雪見。

失敗したくない雪見。

雪見は万華鏡みたいにその顔を変える。

でもどれも本当の雪見で、俺は別にそのままでいいと思う。でもひとつだけ心配で、これだけはほうっておけないことがある。

『雪見さんの能力、限界だと思う。最後、みたでしょ？』

白瀬さんはそういっていた。そしてその通りだと俺も思う。

駅で雪見と話をしていたとき――。

雪見は俺と会話をしながらも、その眼球を四方八方に動かしていた。

「おい、それ」

俺がいうと、雪見《ゆきみ》は「ああ、これですか」とこともなげにいった。

「スマホがなくてもみえるようになったんですよ」

雪見の視界では、空中をヘッドラインが流れつづけているらしかった。

「前よりたくさんみえます。**スキャンダルの法務大臣更迭、アメリカ大統領選共和党優勢、寒波襲来スリップ事故で高速三十五キロ渋滞、スリ集団一斉摘発——**」

なにかに取りつかれたように、みえているのであろうヘッドラインを読みあげつづける。

俺が、「おい」と声をかけても止まらない。

「これはすごいですね」

雪見がいう。

「かなり遠くの未来までみえます。まだ不確定なのか、文字が薄かったり、浮かんでは消えていきます。誰かの行動が影響を与えているのかもしれません。あはは、すごい、これがあればもうなにも恐くありません、あははは、夏目《なつめ》さんと月子《つきこ》さんの助けなんてもういらないんです、どうぞふたりで仲良くしてください」

雪見は鼻血をだしていた。しかしそれに気づいてもいないようだった。

「それではさようなら」

そういって去っていった。俺たちに背中を向けたあとでも、ずっと、ぶつぶつとヘッドラインを読みあげながら。

「ブラッククリスマス株価暴落火星ステーション建造米伊対立W杯準優勝四国独立寒冷化対策予算五〇億計上──」

◇

俺は雪見を助けるべきだ。

おせっかいでも、それが正しいことだと感じているから。

でもまあ、それについて強い決意をするとか、過去の不良のお兄さんとの思い出に結びつけて考えるとか、そういう真面目《まじめ》なテンションにはならなかった。

なれなかったというべきか。

襖《ふすま》一枚挟んで、月子と白瀬《しらせ》さんが一緒にいるベッドから、めちゃくちゃピンクの空気が流れてきていたからだ。会話の内容まではきこえないが、なにやら喘《あえ》ぎ声のようなものがきこえてきたのだ。


「白瀬さん、さわりすぎっ……だよ……」

「京野《きょうの》さん、私に下着かしてくれたよね。なんで新しい下着が夏目くんの家にあるの？」

「それは……たまたま……あっ」

「しかもすごく大人っぽいよね。レースで透けてるし。なにする気だったの？」

「別に、それは……やっ」

「ねえ、夏目《なつめ》くんと付き合ってるの？　正直にいわないとこうだよ」

「そんな強くっ……やっ……あっ……っ、付き合ってない……」

「だったらなんでいつでも泊まれるようになってるの？」

「白瀬《しらせ》さんこそ、なんでそんなことき くの……んっ……んんっ」

「去年の冬、夏目くんが助けてくれたんだ。だからね、夏目くんに私の全部をあげたいなって思ってるの」

「そ、そんなのダメっ……あ、そこ……だめっ……」

「ねえ、夏目くん私にくれない？　私は夏目くんにツンツンしないし、優しくするし、すっごい尽くす彼女になれるし、なんでもするし」

「あっ、ダメっ……夏目は……私の……あっ……やっ……」

◇

昼過ぎ、スマホのアラームが鳴って押し入れからでる。部屋では白瀬さんがベッドで、月子《つきこ》がソファーで寝ていた。明け方までは一緒だったはずだが、一体なにがあったのだろう。いずれにせよふたりとも気持ちよさそうに寝ていたので、起こさないように洗面台に向かう。

顔を洗って歯を磨き、身支度をして部屋をでる。

強い日差し、アスファルトからの照り返しが暑い。

国道沿いまででると、路肩に乗用車が停まっていた。目をつむれば三秒で思いだせなくなりそうな、無個性を絵に描いたような車だった。高級車でもオンボロでもない、完全に演出された平凡さ。俺が助手席に乗りこむと、車はすぐに走りだす。

「よお、色男」

運転席の三木島《みきしま》がいう。

「ツンツン娘とさらっと娘、美人ふたりとひと晩すごすんだからたいしたもんだ」

「そんなことまで把握してるんですか」

「俺の仕事をなんだと思ってる」

三木島はかつて刑事だったが、今は公安でトラウマサヴァンの能力者たちの調査と監視を仕事にしている。俺は善良な月子の印象が強いから別にほっといたらいいじゃん、って感じだが、たしかに火炎放射能力を使えば、いろいろ悪いことができそうだ。なにせ証拠が残らない。

「京野《きょうの》はいつもどおりか？」

「ええ。普通に暮らしてますよ。能力も全然使ってません」

「銀行強盗の逃走車両が炎上した状態で発見されたらしいな。炭化するほどの火力で、原因がわからず鑑識が困っている」

「クーラーの温度下げていいですか?」

車は特に目的地もなく走りつづける。三木島《みきしま》は時折、話をするシチュエーションとしてこのやり方を使う。誰かにきかれる心配がないからかもしれないし、ただドライブが好きなのかもしれない。

「月子《つきこ》は静かに暮らしてます。そっとしておいてください」

「あいつが静かになることはないと思うが、まあ、お前がこうやって定期的に報告してくるなら、なにもしない。コンタクトも取らない。俺としてはそっちのほうが手間も省ける」

国道沿いの風景が流れていく。ドラッグストア、ファミレス、ドライブスルー。

「月子の報告はしました」

ああ、わかってるよ、と三木島はいう。

「模倣犯の情報だろ」

今日はそれについて知るために三木島と会っているのだった。

「お前が捕まえた吉村《よしむら》は五年前の事件の犯人じゃない。当時については完璧なアリバイがある」

「ニュースでみました」

「今回、吉村が事件を起こした動機だが、発端は事故だったみたいだ」

授業態度の悪い生徒を校長室に呼んで叱っていた。生意気だったため思わず平手で叩《たた》いたところ、後ろにこけて打ちどころわるく動かなくなってしまった。

「なんとか隠したい。でも死体は目の前にある。どうしよう、どうしよう、不測の事態に陥った吉村はひらめいた。五年前の事件、犯人が捕まってない。そうだ、そいつのせいにしよう。自分には五年前の事件のときには完璧なアリバイがある、ってな」

「一つの事故から逃げるためにさらに三つの殺人をしようとしたんですか?」

「小さな嘘《うそ》をつきとおすためにより大きな嘘をつくってやつだ。今回はそこに、やけになってデカいことをしちまうって心理も働いちまったんだろ。見立てにしたのは、まあ、教師ってストレスたまるんだなって感じだ」

これが今回の事件の真相だった。

「ここからが重要なんだが」

三木島はいう。

「吉村のここ一か月の行動は完全に明らかになっている」

所轄の刑事たちが裏取りもちゃんとしたらしい。

「それで、ショッピングモールでの爆発を覚えてるか?」

「なかなか忘れられないですね。あのあとしばらく耳痛かったですし」

トラックがウィンドウを破って突っ込んできて、助かったと思ったら荷台が爆発した。

「あのトラックは、ショッピングモールに搬入をおこなっている業者のものだ。アイドリング状態で少し目を離した隙にアクセルにコンクリートブロックを置いて使われたらしい」

つまり、犯人はあの場にいなければいけなかった。

「三木島《みきしま》さんがその話をするということは……」

「そうだ。吉村《よしむら》があのショッピングモールで俺たちに爆破を仕掛けることは不可能だ。なにがいいたいか、わかるな?」

「はい」

ドライブは小一時間ほどで終わった。

アパートに戻り、扉を開けると月子《つきこ》の声が耳に飛び込んでくる。

「もう帰ってよ～!!」

「ここ京野《きょうの》さんの家じゃないでしょ～」

スニーカーを脱いであがってみれば、エプロン姿の白瀬《しらせ》さんが「お帰り」とほほ笑みかけてくる。テーブルにはオムライスとコーヒーが用意されていた。

「どこいってたの?」

「ちょっと散歩」

「朝ごはん、夏目《なつめ》くんのもできてるよ。一緒に食べよ」

透明感のある白瀬さんとの新婚生活。そんな雰囲気だった。

「なんで白瀬さんが朝ごはんつくっちゃうの～!!」

「京野さんずっと寝てたじゃん」

俺は椅子に座る。

「夏目は私のつくったものしか食べないよね？　ね？」

ふんわりとしたオムライス、俺はスプーンを手にとる。

「絶対おいしくない！　絶対おいしくない！」

ひとくち食べてみる。

「あ〜!!　あ〜!!　あ〜!!」

俺はフォークにもうひとかけオムライスをのせ、月子の口に運ぶ。

「ぐぅ……おいしい……」

悔しそうな顔をする月子。

そんなことをしながら、俺は考える。

八月事件の真犯人の印象は、無味無臭だ。とてもシンプルな殺人。吉村先生みたいな動機とか、見立て殺人といった余分なものが含まれない。その無記名さはまるで精密機械のようだ。

そして五年前、八月最終週の殺人に失敗したあと、忽然《こつぜん》とその姿を消した。以来、一切の痕跡を世の中に残していない。

突然すぎる終幕に、真犯人死亡説を唱える人もいた。しかし――。

『ハチガツジケンニテヲダスナ』

ショッピングモールでの爆発事件、その直前、パフェに入っていたメモ。三木島《みきしま》の話では、あれは模倣犯の吉村《よしむら》先生には不可能だった。もちろん、このメモも誰か別の人間のしわざである可能性はある。でも俺はこの短いセンテンスで直感する。

八月事件の真犯人はずっとこの夜見坂《よみさか》の街で息を潜めていたのだ。なにくわぬ顔で道を歩き、人々にまぎれ、月子《つきこ》のいるこの街で今も生活している。

みてろよ、と思う。

絶対、みつけだしてやるからな。

なんて、かっこよく決意をしようとしたところで視界がゆれる。

「ねえ夏目《なつめ》、それでも私がつくるほうがおいしいよね!?　ねえ!?　ねえ！」

月子にぐらぐらゆらされる。俺は八月事件の真犯人をあぶりだす方法を考える。

その時だった。スマホにメッセージが入った。

『夏目、協力してくれないか』

冬馬《とうま》からだった。小学校で再会したとき、連絡先を交換していたのだ。

なにを協力してほしいのだろうかと思う間もなく、次のメッセージがポンと音を立てて入ってくる。

『八月事件の真犯人、つかまえられると思う』

◇

あれから数日が経っていた。

八月二十九日。小学生も中学生も、高校生だってみんなあせりはじめる日付。終わりゆく夏休みと、終わらない宿題。三十一日になればあせりはあきらめに変わる。

そんな日の夕方、俺たちは夜見坂シティーホールに向かっていた。

俺と月子、それと冬馬と春山《はるやま》くんに秋山《あきやま》さんの五人だ。

八月事件の犯人をつかまえられる。

その連絡がきたあの日、俺と月子は冬馬たちと会った。待ち合わせ場所のファストフード店にいくと冬馬だけでなく、春山くんと秋山さんもいた。

「五年前の決着をつけるべきだ」

冬馬はポテトを食べながらいった。

春山くんと秋山さんに目をやれば、ふたりとも強い意志を秘めた目でうなずいた。三人で話しあったらしい。

「久しぶりに春夏秋冬カルテットがそろったんだ。五年前にできなかったこの宿題を、今こそやるべきだ」

冬馬《とうま》たちはこの夏ずっと、小学校の学習ボランティアをしていた。そのためショッピングモール爆破事件のあの日に、模倣犯の吉村《よしむら》先生が学校にいたことを知っている。

つまり、真犯人がショッピングモールの事件を起こした可能性にたどりついていた。

「チャンスだ。五年間沈黙を守っていた犯人が動きだしたんだ。きっとつかまえられる」

「でも、どうやって?」

俺がきくと、「犯人は嫌がっている」と冬馬はこたえる。

「八月事件に手をだすなってメッセージがあったんだろ? つまり犯人は夏目《なつめ》に追いかけられるのが嫌なんだ。つまり――」

「俺がアクションを起こしつづければ、向こうからなにか仕掛けてくる。そこをつかまえる」

ということになり、追跡しているふりをして真犯人をおびきだす作戦がはじまった。

俺は過去に八月事件の現場になった場所をみてまわった。ポーズでやってるわけだけど、セオリーといえばセオリーだ。現場を何度も訪れて新しいことに気づくというのは刑事ドラマでもよくあるパターンだ。

月子《つきこ》はなにくわぬ顔で俺についてきた。でも現場に着くと、小刻みに手が震えていた。自分が監禁されたことを思いだしたり、犠牲になった他の子たちのことを自分のことのように考えたりするのだろう。

一緒にこなくていい、と俺はいったが、月子はかたくなについてきた。月子の考えていることはわかる。囮《おとり》になっている俺は少し危険だ。なにかあるかもしれない。だから万が一のときは、能力を使って俺を守るつもりなのだ。

「サンキュー」

ある現場で、俺はなんともなしにいった。月子は、「は？」と片眉を吊りあげた。

「夏目、なにか勘ちがいしてない？　いや、そういうんじゃないから。あんな見た目だけのオムライスで喜ぶ人なんてどうなったっていい。全然守る気なんてない。むしろ爆発してほしい」

ツンツンモードになった月子と一緒に市内のあちこちを巡った。その周囲をそれとなく冬馬と春山《はるやま》くん、秋山《あきやま》さんが衛星のように警戒しながら歩いたのだが、特に犯人らしき人影はみつけられなかった。

そんなとき、もう会うことはないと思っていた女の子と出会った。

ある日の夕方のことだ。その日も俺が囮になって、市内を歩きまわっていた。しかし、なにごともないまま日が暮れようとしていた。

「そろそろ帰るか」

俺がいい、となりを歩く月子が「うん」とうなずく。そして俺が周囲のどこかにいるであろう冬馬たちに連絡を入れようとしたときだった。

進学塾のビルから、その女の子が偶然でてきたのだ。

雪見《ゆきみ》だ。ブラウスにリボンタイという、いいとこのお嬢さん風の格好。

「なんでこんなところにいるんですか」

「八月事件の真犯人を探してるんだ」

「そうですか。がんばってください」

雪見《ゆきみ》はそっけなくいうと、すぐさまその場から去ろうとする。

俺は思わず肩に手を置いて呼び止めていた。

「おい」

「さわらないでください」

手を払いのける雪見の表情はやつれている。目の下にクマができ、たった数日なのに痩せたようにもみえる。しかし――。

「お説教とかいらないんで」

と、雪見は俺がいおうとすることを先に制した。

「雪見がそういうならそれはそれでいいんだけどさ……」

といいつつ、俺は後ろをみる。月子が背中に隠れながら俺のシャツの裾を引っ張っていた。

月子《つきこ》は対人関係に臆病なところがあるから、雪見に一度拒絶されて、自分から話しかけるのがこわくなっているのだ。だから俺が代わりにいう。

「うるさいこといわないからさ、前みたいに一緒に遊ばないか？　月子は雪見のことが好きなんだ。一緒に映画観たりしたいって思ってる」

それは果たせなかった約束。でも——。

「私は遊びたくありません」

雪見はそっぽを向いてしまう。月子が、「ふえぇぇ～」と泣きそうな声をだす。

「夏目《なつめ》さんたちと仲良くしていたのはそれをしないと死の予知が発生してしまうからです。予知が消えた今、もう用はありません」

雪見はエリート志向の小学生で、俺たちとノリよく遊んでいたのは演技で、心の底では俺たちのことを下にみていた。

でも、そんな定形的なことがあるだろうか。そんな三文芝居みたいなことがあるだろうか。

ちがうんじゃないの、それってちがうんじゃないの!?　って気持ちになってくる。

じゃあ、雪見が本当はエリートであることに窮屈さを感じていて、俺がそれを親身になってきいてあげてお悩み解決みたいなことすれば、また月子も一緒に三人で遊べるようになるかっていうと、そんな安い話なわけもない。人間ってそんなシンプルじゃない。

実際、雪見は幼いながらも自分の意思で人生の選択をしているわけだし、だからそれを否定なんてしたくないし、でも俺は前の雪見のほうがいいなって感じていて、じゃあそれを正直に伝えるしかなくて、でも普通に伝えたところで俺の言葉は届かなさそうだ。

だから俺は自分のなかの変なスイッチを入れる。

「うぉぉぉぉ、雪見うぉぉぉぉ！」

「え、ちょ、な、なんですか⁉」

「猫に戻ってくれ～！　にゃんにゃんさせてくれ～！　にゃんにゃん！　にゃんにゃん！」

「ぎゃ～‼」

逃げる雪見《ゆきみ》。でも俺は追いかけて後ろから抱きつく。

「好きだ～‼　ペロペロさせてくれ～‼　ペロペロ～‼」

「変態！　変態！　変態！」

「ゴスロリ着てくれ～！　俺の欲望のために俺好みの猫ちゃんになってくれ～！　今から光《ひかる》源氏《げんじ》的に教育をほどこして、そういうことができる年齢になったときにはあんなことやこんなことができるかもって妄想させてくれ～！」

「『源氏物語《げんじものがたり》』をなんだと思ってるんですか！」

「うおぉぉぉぉ！　ペロペロ～！　うおぉぉぉ！　うおぉぉぉぉ！」

「このロリコン！　ロリコン！」

雪見が至極まっとうなことをいいながら唐辛子スプレーを俺の顔に吹きかけてくる。目に入って、今度は俺が「ぎゃ～‼」と叫ぶ番だった。さらにスタンガンでバチッとやられて、痴漢撃退ブザーを四つくらい押されて、俺ががんばって目を開けると特殊警棒まで構えていて、さらにブザーの警報をききつけた塾の人たちが通りにでてくる。

思ったより大事《おおごと》になりそうで、俺は自分が招いたことながらちょっと引いてしまうんだけど、結局、最後はつかず離れずの距離を保っていた冬馬《とうま》が駆けつけてくれて、その場を収めてくれた。

「夏目《なつめ》はふざけたやつですが、中身は大丈夫なんで。多分」

へにゃへにゃの説明だったが、みんな納得したようだった。なにをいうかよりも誰がいうかということだ。冬馬はその塾の出身で、信頼も厚かった。雪見も冬馬の噂は塾の先生からきいていたらしく、レジェンド的先輩のいうことなら、と俺のやったことは大目にみてくれた。つまり、警察には通報されなかった。

「もう私にかまわないでください」

そういって雪見は帰っていった。

俺たちもその日は活動をそこで終えることになった。

「あの子、行方《ゆくえ》不明になってた小学生だろ？」

帰り道で冬馬がきいてくる。

雪見は予知で勝手に逃げていただけなので、世間的には模倣犯の事件とは関わりがない。吉《よし》村《むら》先生がつかまったところで、ただの家出少女でしたという顔で警察に出頭した。

ずいぶん怒られただろうが、命に比べれば安いものだ。

「なんで夏目が知り合いなんだ？」

「ちょっとな」

俺はなんとなく雪見《ゆきみ》とのことを隠す。あの日々を、俺と月子《つきこ》と雪見の、ひと夏の秘密の出来事にしておきたかったのかもしれない。

そうだ。雪見だって俺の家にいたことを誰にもいってない。俺に迷惑がかからないようにしたのだ。もし誰かに話していれば、俺は警察につかまっている。なぜなら相手が未成年だった場合、同意があったとしても誘拐罪になってしまうからだ。

「ファミレスいこうよ〜」

ふっくらした春山《はるやま》くんがいう。たしかにお腹《なか》が空いていた。

「ついでに夏休みの宿題でもしようかな。冬馬《とうま》もいるし」

俺がいうと、「え？　まだやってないの？」と春山くんが驚く。秋山《あきやま》さんも同じような顔をしている。そういえば彼らは小学生の頃から七月中にやってしまうタイプだった。

「無計画すぎるよ。ギリギリになってあせってやると、勉強にもならないし。もしかして、わからないところだけ残してるとか？」

「うん、まあそんな感じ」

「ごめんごめん、夏目《なつめ》くんはそういう怠惰で考えなしの人間じゃないもんね」

そういう春山くんの後ろで、月子が顔を真っ赤にしてうつむいている。月子、多分一ページもやってない。

「それはそうと、どうする？」

ファミレスに向かう道すがら、冬馬がいう。

「八月事件の真犯人、まったくでてくる気配ないけど」

夜見坂《よみさか》市内をわざとらしく探しながらうろうろしても、一向にくいついてくる気配はない。

「探すにしても期限を決めないと、いつまでもこういうことしてられないだろ」

いろいろなことをハイレベルにこなせる人って、こうやって冬馬みたいに自分で決めごとをつくれる人だよなあ、なんて思う。

そのときだった。

雷に打たれたように、俺のなかにあるひらめきが起こった。

それは天啓であり啓示だった。

「自分がなにをするべきかがわかった」

俺はいう。

今、俺たちは次になにをしていいかわからなくて、道に迷っている状態だ。でも前に進むためにはなにかアクションを起こさなければいけない。

じゃあ、俺がやるべきことはなんなのか。

八月事件の真犯人をみつけることなのか、月子の心を救うことなのか。

俺が今、本当にやるべきことは——。

「雪見文香《ゆきみふみか》のストーカーになることだ！」

俺が夕日に向かって叫んだあと、ワンテンポおいて、冬馬《とうま》がめちゃくちゃ常識的なリアクションでいう。

「夏目《なつめ》、お前。頭大丈夫か？」

◇

という経緯で、俺は雪見のストーカーとなり、八月二十九日の夕方、月子《つきこ》と冬馬たち、合わせて五人で夜見坂《よみさか》シティホールに向かっているのだった。

夜見坂シティホールでは、今からピアノの発表会がおこなわれる。ピアノ教室の生徒たちが弾くのだが、俺のストーキングによると、同じ小学校の生徒たちが大勢見学に訪れ、そのなかには雪見もいるはずだった。

俺がストーカーになると宣言しても、冬馬は冷静だった。

「好きにするといい。作戦は変わらない。八月事件の真犯人が夏目を狙ってきたところを捕まえる。それだけだ」

冬馬は俺がストーカーをするのは他に狙いがあることを理解しているようだった。それは春《はる》山《やま》くんも秋山《あきやま》さんも同じだ。しかしひとりだけ、まったくわかっていないやつがいる。月子だ。

道を歩きながら、ひとりだけ俺からめちゃくちゃ離れてついてくる。振り返ると、がるるる、という感じの目つきで俺をにらむ。

月子は言葉の裏を読めない火の玉直列ストレートガールだから、俺が本当に雪見のストーカーになったと思っているのだ。おそらく、俺が本当に犯罪的なことをしたら刺し違えてでも止めようなんて考えているはずだ。

「ふふ」

となりを歩く秋山さんが笑いながらいう。

「仲いいんだね」

「どこが？」

「真犯人をみつけて、五年前のことが全部解決したら付き合うの？」

「いきなり恋話《こいばな》？」

だって女の子だもん、と秋山さんはつづける。

「ねえねえ、付き合うの？　付き合っちゃうの？」

「めっちゃテンションあげてくるじゃん」

たしかに俺と月子はいつも一緒にいるし、きわどいことだってしてる。でも、それは副作用だったり、月子《つきこ》が過去の件から俺に依存的になっているからという側面が強い。

それをいうと、「それもそうだね」と秋山《あきやま》さんはいう。

「あのとき一番に駆けつけたのが夏目《なつめ》くんだから、月子ちゃんにとっては世界で唯一信用できる相手になってるんだろうね」

「鳥のひなの刷り込みみたいなもんだよな」

そっか、そっか、と秋山さんはいう。

「じゃあ、事件が解決して月子ちゃんが自由になったら、私にも可能性あるってことだよね？」

「え？」

「私、小学校の頃、夏目くんのこと好きだったんだ」

「ええ～!!」

俺はあわてて辺りを見回す。冬馬《とうま》と春山《はるやま》くんは前を歩いていて、月子は後ろにいる。

「久しぶりに会って、夏目くんやっぱりいいな、って思った」

いたずらっぽく笑う秋山さん。誰かにきこえそうできこえないこの状況を少し楽しんでいるようにもみえる。

「いや、えっと、その」

「まあまあ本気だよ？」

あらためて秋山さんをみる。赤いメガネに黒髪という真面目《まじめ》そうな外見。委員長キャラっぽい感じは小学校の頃から変わってない。でも、こういうことをいうということは意外と茶目っ気があるのかもしれないし、メガネの印象が先行するが、顔はかなり整っている。

「ま、考えといてよ」

秋山さんはなにくわぬ顔をしていた。

俺、今ストレートに告られたよな？　うん、絶対告られた。もしこれにオッケーしたらどうなる？　秋山さんだしデートは水族館とか図書館になりそうだ。メガネを外したらめっちゃ美人で、その顔は彼氏の俺が独り占めってパターン？　いいじゃん。

ガードはめちゃくちゃ堅そう。でも、恥じらう顔がめちゃくちゃかわいい可能性もあり。

なんてアホなことを考えているうちに気づけば夜見坂《よみさか》シティホールに到着して、ピアノ教室の発表会をみていた。発表会が終わったあと、妄想はさめた。

雪見《ゆきみ》の悲鳴がきこえてきたからだ。

◇

夜見坂シティホールは二千人収容のコンサートホールで、駐車場のキャパも広く、周囲には遊歩道までつくられている。ベッドタウンには似つかわしくない建物で、建築が決まったときは税金の無駄使いだと住民たちに叩《たた》かれたし、建築後にも叩かれた。

有名な演歌歌手がコンサートを開くと、反対の声は小さくなった。ただ、しばらくすると有名人はこなくなり、今ではこうしたピアノ教室の発表会や、高校の合唱コンクールが開かれるためだけに使われている。

俺は二階席から舞台をみていた。

きれいに着飾った小学生が入れ替わり立ち替わりピアノを弾いていた。

月子《つきこ》は俺から三つ席を空けて座っていた。ピアノより着ているドレスに目がいくらしく、登壇してくるたびに、「かわい〜」と声をあげていた。「そうだな」と俺がいうと、「うわぁ……」という目でこちらをみてきた。完全に俺のことをそういう趣味だと思っているようだ。

冬馬《とうま》たちはホールの建物の外をうろうろしている。ショッピングモールのときのように八月事件の真犯人が俺を狙ってくるという可能性を想定した作戦は継続中だ。

でも、俺が考えているのは別の可能性で、それはすぐに起きた。

異変に気づいたのは発表会が終わり、みんなが帰りはじめたときだ。観客は演奏する子供たちの身内だったりお友だちばかりだから、少しでも近くで観ようと全員一階にいる。二階にいるのは俺たちだけだ。

つまり全員を見渡せる位置にいるわけだが、いつのまにか雪見《ゆきみ》の姿がない。

発表会が終わり、ホールから人がいなくなっても、雪見の座っていたところにカバンが置きっぱなしになっていた。しばらく待っても戻ってこない。

俺は予感が当たった気がして、すぐに建物の外にいる冬馬たちにグループ通話をかける。

「みんな今どこにいる？」

「俺はエントランスの前だが」

冬馬がこたえる。

「どうかしたか？」

「雪見でてきた？」

「え？　注目してな――」

そのときだった。「きゃ」と秋山《あきやま》さんの声がきこえる。さらになにかが倒れるような音がして、つづいて硬いものがぶつかる音。秋山さんがこけて、スマホを落とした感じだ。

「秋山さん!?　大丈夫!?」

しかし返事がない。グループ通話に緊張感が走る。沈黙。スピーカーが拾う夜の音。

一瞬、間があって――。

悲鳴がきこえた。

秋山さんのじゃない。もっと幼い、声変わりのしていない女の子の声。

雪見だ。

「俺のスピーカーじゃない」と冬馬。「僕のでもない」と春山《はるやま》くん。

秋山さんのスマホが拾った音声だ。秋山さんからの返事もない。

冬馬《とうま》と春山《はるやま》くんの走りだす音。

俺も駆けだしていた。シートの列を飛び越えてホールの出口に向かう。

「え、え？」

月子《つきこ》も、わけもわからずついてくる。

「今の雪見《ゆきみ》ちゃんの悲鳴だよね!?　どうしたの？　なにが起こってるの？」

「あらわれたんだよ、八月事件の真犯人が！」

「ええ〜!!」

ホールの重い扉を開いて廊下にでる。

「もしかして、雪見ちゃんをストーキングしてたのってそれ？」

「ああ。月子、俺のことロリコンだと思ってたろ」

「え、いや、その……」

非常階段を一段とばしで駆け下りていく。

「私は全部わかっていた」

「ホントか〜？」

「別に、夏目《なつめ》が小さい子になんかしようとしたら夏目を殺して私も死のうなんて思ってなかった」

「重いな〜!!」

エントランスから外にでる。左右をみても全然ひとけはない。しんとした夏の夜、じりっとした暑さ、ぽつぽつと光る街灯。

そのとき、スピーカー状態のスマホから声がする。

「うわぁ！」

春山くんだ。

つづいて冬馬の声。

「春山は裏にまわったはずだ！」

俺はホールの裏に向かう。消灯して黒々とそびえる建物は、地方の街に突然あらわれた怪物みたいだった。そいつを迂回《うかい》するように、暗い遊歩道を走る。

「でも、なんで今さら雪見ちゃんが狙われるの？」

後ろからついてくる月子がいう。

「これまでのは全部、吉村《よしむら》先生がやってたことなんでしょ？」

そうだ。今回の八月事件は模倣犯で、五年前の犯人が起こした事件じゃない。

けれど確信があった。

「夏休みの宿題だよ」

俺はいう。

五年前の八月事件で、犯人は月曜に誘拐、金曜に殺害というパターンを繰り返した。

しかし、その規則性は最後の最後で、月子《つきこ》が自力で脱出したことで崩れてしまった。

「犯人はやり残してしまってるんだ」

俺の思い描く八月事件の犯人は几帳面で、パターンが崩れたりすることをひどく嫌う神経症的な性質を持っている。俺がそのことをいうと、さすが殺人エンサイクロペディアの作者、と月子が謎に感心する。いずれにせよ——。

「犯人は八月三十一日に最後の殺人を完結させるつもりなんだ」

そういったところで、また声がきこえてきた。

「ううっ！」

冬馬《とうま》の声だ。

今度はスピーカーからではなく、少し離れたところから、はっきりときこえた。

視界に赤い光がゆらめく。

みれば月子の右の拳に炎が灯っていた。

「雪見《ゆきみ》ちゃんのためなら、使うから」

その瞳に迷いはなかった。

月子はそういう女の子なのだ。

◇

冬馬の声のした方に走っていくと、遊歩道で春山《はるやま》くんが顔を押さえてうずくまっていた。鼻血がでているようだった。

「僕はいい。秋山《あきやま》さんも用水路に落ちてるけど大丈夫」

「え？　用水路に落ちてるの？」

「ああ。足をくじいて動けなくなっている」

春山くんは、秋山さんの驚いた声をきいてすぐに駆けだし、秋山さんを用水路のなかにみつけたらしい。そしてひとりでは引っ張りあげられないから冬馬に助けを求めようとここまできたところで、なにものかに殴られたのだという。

「冬馬と雪見さんのほうが心配だ。僕たちはいいから」

「ふたりをみつけたらすぐ戻るよ」

春山くんを残し、冬馬の声がきこえたほうに向かう。

ちょうどホールの裏側までくる。辺りを見回してもそれらしき姿はみえない。しかし耳を澄ませば、うめき声がきこえた。

ホールの裏側は山につづいている。その、遊歩道から林のなかに入ったところで、冬馬も倒れていた。

秋山《あきやま》さんは用水路に転落、春山《はるやま》くんは殴られて鼻血、冬馬《とうま》に至っては頭から血を流している。

「え、大丈夫?」

「みためほどひどくはない」

冬馬は自分の頭をさわり、手についた血をみる。脳震盪《のうしんとう》を起こしているのか、立ち上がれないようだった。

「あっちだ」

林道を指さす。

「気をつけろ。相手はなにか持っているし、どうやらというか、やはり頭もキレる」

冬馬はここで、縛られた状態の雪見《ゆきみ》をみつけたらしい。口にハンカチをかまされ、むうむうとうめいていたのだという。それで助けようと近づいたところ、後ろから硬いもので殴られたのだそうだ。

つまり、犯人は雪見を囮《おとり》に使った。

「暗いし、追うのをやめるのが賢明な判断だと思うが」

「俺は夏目幸路《なつめゆきじ》だ」

「知ってるよ」

早くいけと手をふる冬馬を置いて、俺と月子《つきこ》は道からそれて裏山に入っていく。

土地勘がないわけではないし、夜にこの山に入るのもはじめてではなかった。それこそ小学生の頃、夏休みにはカブトムシを探しによくきていた。夜、樹液のところに集まっているのだ。カブトムシに比べて出現率の低いクワガタを捕まえるとヒーローだった。

こめかみを伝う汗をぬぐう。緊張感と、それをごまかすための少しの興奮。

山全体が木々を間引きしてそれなりに手入れされているので、そこまで歩きづらくはなかった。暗くてスマホのライトだけでは心もとなかったが、月子が手に炎を灯し、足元を照らしてくれた。誰かのためなら、月子はためらうことなく能力を使う。

枝が折れたり、土が踏まれた形跡をたどる。でも、そういう痕跡を残すのは犯人だけじゃないし、昨日のものだったりもするわけで、ジグザク歩きまわることになる。

え、なんか、ちょっと迷ってない？　と不安になってきたときだった。

「むう〜！　むう〜！」

急な斜面の際のところに、雪見が転がっていた。

後ろ手にしばられて、口にもハンカチを詰められている。

「雪見ちゃん！」

「雪見！」

俺と月子は駆け寄っていく。そのときだった。後頭部に、本当に目が飛び出したかと思ったくらいの、とんでもない衝撃が走った。視界がちかちかして、自分の体のバランスがよくわからなくなって、後ろを振り返ろうとしているのに、地面にあお向けに倒れてしまう。

「くそ～！　こういうことしてくるってわかってたのに！」

そいつは博物館に展示しているような民俗的なお面をかぶっていた。ていうかそのお面、マジでみたことがある。夜見坂《よみさか》民俗資料館に飾られていたお面だ。そして、そいつはそんな民俗面に似つかわしくない金属バットを手に持っている。

そのバットが、今度は月子《つきこ》に向かって振り下ろされる。

でも月子が俺みたいに情けなく地面に転がることはなかった。

月子はとても冷静にバットの軌道に向かって左の手のひらを差しだしていた。バットは月子の手にふれるかふれないかのところで、真っ赤に溶けて地面に落ちた。

驚いたのか、相手が動きを止める。

五年前、自分を殺そうとした犯人。その疑いの強い人物を前にして、月子の言葉はとてもシンプルだった。

「許さないから」

体温の低そうな横顔。しかしその目つきは鋭く、瞳がルビーのように赤く輝いていた。

それは研ぎ澄まされた静かなる怒りだった。

普通の人間で、月子と正対してかなうやつなんかいない。月子もそれがわかっているから、恐れることなく相手に近づこうとする。しかしそのときだった。

民俗面のそいつは雪見《ゆきみ》に駆けより、地面に転がったその小さな体を蹴った。

雪見の体がまるで物のように斜面を滑り落ちていく。

「雪見ちゃん！」

月子は雪見を追いかける。

「雪見！　月子！」

俺も体を起こして追いかける。足がもつれる。

斜面を転がっていく雪見。月子が雪見を守るように抱きついて一緒に落ちていくところを、
俺がさらに抱えて止めようとするんだけど、追いつくために勢いつけてたから止まれなくて、
結局、一緒に回転しながら滑り落ちていく。

「ちょっと〜！　また団子になってる〜！」

「今回は月子も一緒だからな〜！」

「わけわかんないよ〜！」

三人もつれて斜面を転がり、平坦になった場所でやっと止まる。

斜面を見上げるが、もう民俗面の姿はない。山の中はしんとして、ひどく静かになっていた。

「雪見ちゃん！　大丈夫!?」

月子が雪見の口からハンカチを取りだす。手足は結束バンドで拘束されていて、月子は最初
それをほどこうとしたが、どうやって外していいかわからず、結局、指先に灯した小さな炎で

焼き切った。

自由になった雪見《ゆきみ》は――。

わんわんと声をだして号泣した。

鼻を垂らして、顔をくしゃくしゃにして泣きつづける。

「こわかったよな。もう大丈夫、もうこわくない」

俺は雪見を抱きしめる。

「ひとりでがんばろうとしたんだよな」

腕のなかにいるのは、等身大の雪見文香《ふみか》だった。人生で失敗したくないとか、効率的にやりたいとか、そういう賢い小学生の顔じゃない。

こわいめにあったら泣いてしまう、どこにでもいる普通の女の子。

雪見は自分の死の予知が消えたあと、用済みだといわんばかりに俺たちから離れていった。でも、あの進学塾の前で、雪見はまだ唐辛子スプレーや大量の防犯ブザーを持っていた。それで俺は直感したのだ。だから、雪見のストーキングをしようと思った。

俺は雪見に向かって、その真実をいう。

「予知、ずっと消えてないんだろ」

雪見はまだ泣いている。よっぽどこわかったらしい。

「え、どういうこと?」

月子《つきこ》が首をかしげる。

「吉村《よしむら》先生捕まったじゃん」

「雪見の死の予知は、模倣犯によるものじゃなかったんだよ」

おそらく真犯人が五年前の犯行を完結するために八月三十一日に向けて動きだす。そのときに犠牲になることをヘッドラインは示していたのだ。つまり、模倣犯とは無関係な予知だった。

「でも、雪見ちゃんは吉村先生が捕まって予知が消えたっていってたけど」

「それが嘘《うそ》なんだ」

「なんでそんな嘘を……」

「俺のためだろ？」

泣いている雪見の背中をさすってやる。雪見は嗚咽《おえつ》している。

雪見の死の予知と、俺の死の予知は裏表になっていた。雪見が黒猫になっていると、俺の死の予知が発生してしまう。

最初は雪見も吉村先生を捕まえて自分の死の予知が消えると思っていただろう。そうならなくて、覚悟を決めたのかもしれないし、最初から八月の最終週に入ったら黒猫でいることをやめるつもりだったのかもしれない。なぜなら――。

「雪見は自分の死を回避するために、俺に死を押しつけられるような女の子じゃない」

結局のところ、雪見はイイやつなんだ。だから黒猫であることをやめ、俺から離れた。八月三十一日までひとりで戦おうとした。死の予知が俺に移動しないように。

「私の選択にまちがいはありませんでした」

雪見《ゆきみ》は泣きじゃくりながらいう。

「夏目《なつめ》さんたちに冷たくして、離れてもらって、犯人をやっつける。それが正しいことなんです。自分のために誰かを犠牲にするなんてまちがってるんです。そんなまちがった考えかた、許されないんです。でも、でも！」

雪見は嗚咽《おえつ》をとめようと俺に顔を押しつけながらいう。

「さっき、さらわれそうになって、本当に殺されるんだって思ったら、こわいって思ってしまいました。黒猫に戻りたいって思ってしまいました。夏目さんに死の予知がいってしまうのに、それでも助かりたいって思ってしまいました！」

俺は泣いている雪見を強く抱きしめる。

雪見は孤独に戦った。正しくあろうとした。でも力及ばなくて、自分だけ助かりたい、俺に押しつけたいと思ってしまった。でも――。

「いいんだ。自分が助かりたいって思っていい。周りに迷惑かけたっていい。まちがったっていいし、俺に予知を押しつけたっていい」

だって――。

「まだ小学生なんだから」

第四章　知恵と勇気

部屋に戻ったのは夜遅くだった。

シャワーを浴びて風呂場からでてきた雪見《ゆきみ》は黒猫パジャマを着ていた。

雪見の死の予知を消すため、また俺の部屋で黒猫生活をすることにしたのだ。

といっても今は二十九日の夜で、もうすぐ日付もかわる。死の予知が出ているのは三十一日だから、この生活はそれほど長くはつづかない。

このままいけば予知が表裏一体になっている俺が死ぬことになる。

「いいんでしょうか？」

しゅんとしている雪見。

「いいんだよ」

月子《つきこ》が雪見をやさしく抱きしめる。死ぬのは俺だけどな。

「真犯人をつかまえればいいだけだもん」

そのとおりだった。

今夜のことは警察にはいっていない。雪見の死の予知が消えるのはあくまで、俺の部屋で黒猫をしているときだけだ。保護を求めようと警察署に足を向けようとすると、すぐに雪見の死の予知が浮かんできてしまう。

冬馬《とうま》たちにも今夜起きたことは隠しておいてほしいと頼んだ。真犯人は警察に協力者がいるか、情報を得る手段を持っている、と。冬馬たちは納得してくれた。

そして申し訳ないことだが、冬馬たちには、雪見は親の元に返すと嘘《うそ》をついた。誰にも知られず黒猫になっていることが重要なのだ。

冬馬たちは雪見の通う進学塾周辺を張り込んで真犯人をつかまえる作戦を話しあっていた。

ほんと、ごめんって感じだ。

「なんか、あれだね」

月子がいう。

「事件が解決したあとじゃないと、やっぱ遊べないね」

三人でソファーにならんでいた。俺も月子もシャワーを浴びて、あとは寝るだけという状態になって、みんなで映画の一本でも観ようとしたのだが、誰もそういう気分になれなかった。

「九月になったらピザを注文して、今度こそ三人で夜通し映画をみよう」

俺がいえることといったら、それくらいのものだった。

そのまま、なんとなく三人ともしんとしてしまう。

「夏目《なつめ》さんたちは変な人です」

雪見《ゆきみ》がなにも映ってないテレビをみながらいう。

「過去に不運なことがあって、こんなことをいうとあれですが、人生が狂ってしまったというのに、なんでそんなに明るくいられるんですか？」

「そうだなあ」

俺は少し考えてからいう。

「不運な出来事ひとつで、本当はあり得たはずの素晴らしい未来がちがうものになってしまうってのはよくあることなんだと思う。俺たちだけじゃない、きっとたくさんの人たちに起きている」

めちゃくちゃ頭がいいのに親がリストラにあって進学校にいけなかったり、プロになれるくらいサッカーの才能があったのに交通事故にあってしまったり。

自分はなにもわるくないのに、あるべきはずの明るい未来が取りあげられてしまう。

月子《つきこ》は八月事件のせいで、ひとりで下校できなくなってしまった。表面上は明るいが今も苦しんでいる。

「もちろん、そんな不運は避けて生きていきたいと思うよ。そういう不運がなかったら、俺も今ごろ超高校球児で、プロ野球のスカウトがきていたかもしれない」

「そうなんですか？」

「小さいころ、めちゃくちゃうまかったんだ」

でも、たったひとつの出来事ですべてが狂ってしまった。

本当に平凡なセカンドフライだった。俺はそれを捕球するだけだった。九回ツーアウトで、そのボールを捕れれば、俺たちの少年野球チームは全国大会にいけて、プロのドーム球場で試合ができるはずだった。

日差しが目に入って、俺はエラーをしてしまった。ひとりランナーが塁にでてただけ。でもそれをきっかけに逆転負けしてしまった。

俺のせいで全国にいけなかったように思えて、フライがこわくなって捕れなくなった。いわゆるイップスというやつだ。心の問題。でも幼いころの俺はそれを克服できなくて、レギュラーとしてのプレーができなくなり、やがて野球を辞めてしまった。

あの日のセカンドフライを捕れていたら、今とはちがった未来だったかもしれない。

「俺のなんて全然たいしたことないんだけどさ、こういう小さなつまずきで未来が変わってしまっている人は多いと思う」

心ない誰かの言葉でなにかをあきらめてしまったり。

受験の日に風邪をひいてしまったり。

犯罪に巻き込まれてしまったり。

「だから、完璧な未来を目指して予知を使う雪見の気持ちはすごくわかるんだ」

でも――。

「自分が思う理想の未来が失われたとしても、嘆く必要はないはずなんだ。知恵と勇気さえあれば、きっと未来はどんな状態からでも明るくて楽しいものにできる。自分がそうなりたいと思えば、そうできるはずなんだ。だから過去を嘆く必要も、未来をこわがる必要もない」

「夏目《なつめ》さんはそれを月子《つきこ》さんにみせようとしてるんですね。そしてあの美人さんにはもうしっかりみせたと」

美人というのは白瀬《しらせ》さんのことだ。

「なるほどです」

雪見《ゆきみ》はそういうと、おもむろに立ちあがって洗面所へといく。戻ってきたときには、着ぐるみパジャマからなぜかロリータドレスに着替えていた。

黒猫のゴスロリバージョンになった雪見は、ソファーに座っている俺にまたがって抱きついてくる。

「ゆ、雪見ちゃん!?」

あまりの体勢に、月子が顔を真っ赤にしながらいう。

「私は猫なのでなついているだけです。猫がご主人様に甘えるのは当然です」

「で、でも」

「にゃあにゃあ、にゃあにゃあ」

雪見《ゆきみ》が体をこすりつけてくる。今までの遊びっぽい感じではなく、どこかしら媚《こ》びを含んだような感じだ。

「お、おい」

「私のあるべきパーフェクトな人生にひとつ項目が追加されました」

「なに?」

「夏目《なつめ》さんのペットになることです」

俺は「ええ～!!」とリアクションする。

「どうしたらそうなるんだ～!?」

「全部、夏目さんがわるいんです」

「俺ぇ～?」

「過去につらい経験をした人が能力を獲得するって、夏目さんはいってましたよね?」

「あ、ああ」

「でも、私にいわせれば心の傷、いわゆるトラウマは能力者になる条件ではありません」

「じゃあ、どんな条件があれば能力者になるんだ?」

「メンヘラな女の子です!」

とんでもないことを断言する雪見。

俺は月子《つきこ》をみて、白瀬《しらせ》さんの顔も思い浮かべる。

「過去に起きたことがイヤすぎて超能力を発揮できるようになるなんて、完全に感情が激重《げきおも》のメンヘラな女の子にありそうなパターンじゃないですか」

「そうなのか～？」

「夏目さんはメンヘラな女の子にやさしくしちゃってるわけです。そんなの、なつかれて当然です。メンヘラホイホイ、メンヘラキャッチャーなんです」

月子がとなりで、「わ、私はメンヘラではない！」と主張する。

「にゃあにゃあ、にゃあにゃあ」

雪見はなおも抱きついて甘えてくる。

「私、事件が解決したらちゃんと能力を捨てます。だから私をペットにしてください」

「無茶いうなって」

「夏目さんにとってもいい話のはずです。夏目さんが大学生のとき、私は中学生。夏目さんが社会人になっても、私は高校生です。男性にとって、けっこう魅力的なはずです！　彼女にするなら私でいいじゃないですか」

「ちょっと雪見ちゃん！」

「月子さんは別に夏目さんのことが好きというわけではないんですよね？　じゃあ、よくないですか？」

「そ、そうだけど～！」

月子《つきこ》がぐにゅうという顔になる。

「夏目《なつめ》さんは超かっこいいです！　私は夏目さんが相手なら彼女でもペットでもかまいませんん！　にゃあにゃあ、にゃあにゃあ」

「おい、こら、やめなさい！」

しかし雪見《ゆきみ》はやめることなく、小さく幼い顔を近づけてくる。

「夏目さん、ペットをかわいがるのはご主人様の義務ですよ」

さらにぐっと顔が近づいてくる。そこでついに——。

「だ、だめ〜！」

月子が雪見を引きはがす。

「夏目が犯罪者になっちゃうでしょ！」

「大丈夫ですよ。私は猫なんですから」

「それでもダメなものはダメ！」

「夏目さんは猫ちゃんをかわいがりたいですよね？　私がいいですよね？　今でこそまだこれくらいですが、私のパーフェクトな人生の予定では高校生になるころには月子さんなんか目じゃないくらいの胸に——」

「こ、こ、こ、この泥棒猫〜！」

月子、激昂。

なんてやりとりをしているときだった。

突然、雪見が空中をみながら驚きの表情を浮かべた。固まったといっていい。あまりの顔に、空気が冷え切ったようだった。

「雪見、どうしたんだ？」

「……ヘッドラインです。夏目さんの死のヘッドラインが消えました」

「まさかそれで――」

「いえ、私の死のヘッドラインは表示されていません。でも、別の人の死のヘッドラインが出てしまっています……」

誰かとたずねると、雪見は泣きそうな顔になっていった。

「月子さん……です」

◇

未来はきっと不確定で、ちょっとしたことで変わるものなのだろう。

セカンドフライをキャッチできるかできないか。

もしかすると雪見の死のヘッドラインも、最初は模倣犯によるものを予知していたのかもしれない。俺たちが模倣犯を捕まえたことで、真犯人によるものに変化した。そして、月子《つきこ》と真犯人があの裏山で接触したことで、死の対象が月子に移った。そう考えることもできる。本当のところは俺にもわからない。

地球の裏側、ブラジルで蝶がはばたき、その小さな風が巡り巡って日本で台風になる。そんなバタフライエフェクトが起きて、未来が変わったのかもしれない。

いずれにせよ、真犯人が五年前にやり残した宿題を終わらせるというのなら、月子が狙われるのは自然なことだ。あのとき、月子の殺害だけが達成されなかったのだから。

「雪見《ゆきみ》ちゃんは猫のままでいいからね」

俺たちにもみえるよう、雪見はヘッドラインをスマホでみせてくれた。そして、そのあとも月子は落ち着いていた。

「私は大丈夫だから」

そういって雪見を押し入れで寝かしたあと、月子はベッドで横になった。

「ロリコンの夏目《なつめ》はソファーで寝て！　雪見ちゃんにもうさわっちゃダメだからね！」

そしてその配置で眠ることになったのだが、月子はその夜、シティホールの裏山で能力を使っている。電気を消したあと、しばらくして不満げに唸《うな》りはじめ、そのうち怒りだした。

「私は能力を使った！　能力を使った！」

俺がベッドに入っていって背中から抱きしめると、月子はぷんぷんしながらも、すぐにおとなしくなって、甘い息を漏らした。パジャマの薄い生地に、下着のラインが浮いていた。

「夏目……がっつき……すぎ……」

そういうので俺はいったん手を離す。とたんに月子のぷんぷんメーターがすごい勢いでたまっていくのがわかったが、副作用のほうが強いので、月子はすぐに折れた。

「……さわってよ」

「………」

「……さわってよぉ」

「………」

「くっ……さわって……ください……」

月子が悔しそうにいったところで、俺はパジャマを脱がせて、その熱くなめらかな肌をさわる。月子は体を反らして喘《あえ》いだ。下着はやっぱり新品で、今夜は薄いピンクだった。

下着のなかに手を入れれば、胸の先端はぴんと硬くなっている。もう一方は、熱く、湿っていた。

イヤイヤさわられているというスタンスなので、月子はずっと背中を向けたままだった。

「これ、ただの作業……あっ……なんだからねっ……夏目のこと全然好きじゃないからっ」

「わかってるって」

俺はあまり深刻な雰囲気にならないようにしていたが、実のところ、月子の死が予知されてしまったことにめちゃくちゃショックを受けていた。

シンプルに、月子《つきこ》が死んでしまうなんてイヤだった。

気づけば俺は、いつもはしないような感じで、月子を強く抱きしめていた。

「夏目《なつめ》ぇ、それ……ダメだよぉ……恋人みたいだもん……そういうのは全部終わって……から……あっ……やっ……き、気持ちいいよぉ……」

いなくならないでくれ、月子。

そう思いながら、俺はソファーに戻らず、月子を抱きしめて眠った。

三十日の朝、目が覚めると俺はすぐに身支度を整えた。五年前の事件で、被害者の死亡推定時刻はいずれも日付が変わる午前〇時付近と推測されていた。つまり、八月事件の犯人のパターンからいえば、今日の深夜、三十一日になるころに殺害がおこなわれることになる。そして予知によれば、被害者は月子だ。

俺はすぐにでも犯人を探しにいこうとした。本当は昨日の夜から寝ずに活動したかったが、シティホールの一件で俺も後頭部を殴られていたし、体力もかなり使っていたから今日この日に全てを賭けるために眠ったのだ。

日付が変わる瞬間に月子のそばに元気な状態でいれば、ぎりぎりで防ぐことだってできるはずだ。

そんな感じで俺はいろいろと作戦を考えていた。しかし当の本人の月子はなぜかのほほんとした空気だった。

「朝ごはんちゃんと食べなきゃダメだよ〜」

なんていいながら、俺と雪見《ゆきみ》を座らせてキッチンに立つ。

「あ、バターきれてる。ちょっとコンビニいってくるね」

俺がついていくといっても、まだ大丈夫だし、買い物いくだけだからと月子はさっさと外にでてしまった。

なんだかイヤな予感がした。

「月子、なにか企んでるな」

冷蔵庫を開けてみれば、バターはしっかりあった。

雪見に部屋からでないよういいつけて、俺はすぐに月子を追った。しかし月子の姿はみつけられない。近くのコンビニにいっても当然いない。そのまま月子のいきそうなところに自転車を走らせていってみるが、やはりいない。

そのまま昼になったときだ。

明らかに使い捨てとわかるアドレスからメッセージがきた。本文が空欄で、画像が添付されている。

俺は目の前が真っ暗になるような気持ちでその画像を開いた。

目隠しをされた月子が、椅子に縛られていた。

◇

落ち着け落ち着け。

俺はいったん部屋に戻って、状況を整理しようとする。雪見《ゆきみ》が責任を感じてはいけないから話さないでおこうと思ったが、さすがに俺の態度をみて察したようだった。

「月子《つきこ》さんになにかあったんですね……」

やむなく画像をみせずに状況だけ説明すると、雪見はわかりやすくうろたえる。

「ど、ど、どぅどうしましょう!?」

「雪見、落ち着け、あわてるんじゃない」

「な、夏目《なつめ》さんだって靴履いたままあがってきてますよ！」

俺はスニーカーを脱いで床を雑巾で拭く。そうしているうちに雪見は事実を真正面から受け止めたようで、その現実のショッキングさに泣きだしてしまう。

「わ、私のせいで……月子さんが……」

雪見は大人びたところの多い子だが、やっぱり小学生でしかない。

「雪見のせいじゃない。大丈夫、大丈夫だから」

俺は泣きながらしがみついてくる雪見の頭をなでてやる。

「月子は絶対助けるから」

そうだ。こんなときこそ俺が冷静にならなきゃいけない。

雪見を抱えたままソファーに座る。まだ泣いているから背中をさすってやる。

猶予はある。なぜなら犯人はかなり几帳面だからだ。八月三十一日の午前零時までは生きているはずだ。

とはいえ手がかりはない。送られてきた画像は暗い部屋で、月子がどこに監禁されているか見当もつかない。そこで俺の思考は止まってしまう。

「夏目さん……」

雪見が顔を押しつけてくる。

「おい、俺の服で鼻水ふいてるだろ」

そういいながらも、俺は考える。ふと、手がかりは今朝の月子の行動にあるような気がした。

月子はバターがあるのにないといって外にでていった。つまり、月子は俺たちに内緒で行動を起こそうとしたのだ。

なぜ、月子はそんなことをしたのか。

きっと、ひとりで犯人を捕まえにいこうとしたのだ。昨夜、月子の死の予知がでて、俺たちはショックを受けて、でも月子はなんでもないように振る舞っていた。

俺たちに心配をかけないようにしながら、ひとりで解決しようと思ったにちがいない。

それで犯人のところにいって、返り討ちにあった。恐らく不意打ちをくらい、今も気絶しているのだろう。意識があれば、自力で脱出している。

ここでひとつわからないことがある。

この仮説は、月子《つきこ》が、犯人に心当たりがあったことを前提としている。そうでなければ、さすがに月子といえども、あてもなく外にでていくはずがないからだ。

一体いつ月子は犯人の正体がわかったのか。

そこまで考えたところで、俺の服で涙と鼻水を拭き終わった雪見《ゆきみ》が顔をあげる。

「夏目《なつめ》さんの考えてること、わかります。犯人のことですよね」

「ああ」

「私、なんとなくわかったことがあるんです」

夜見坂《よみさか》シティホールで雪見が連れ去られそうになったとき、犯人は仮面をつけていて顔がみえなかった。でも雪見は手を縛られたり裏山に連れていかれたときにボディコンタクトがあり、犯人の体格を感じたらしい。

「多分、女の人です」

俺は後ろからバットで殴られただけだけど、月子はしっかり至近距離で対峙している。それで雪見と同じく、体格の印象があったのかもしれない。それで、犯人に心当たりができた。

「やせ形で、そんなに力があるようには思えませんでした。あと私を持ち上げるときに少しだけ仮面から声が漏れたんですが、どちらかというと若いと思います」

「若い女の人……」

犯人は、夜見坂市に詳しく、やせ型で若めの女性。

模倣犯を捕まえるとき、冬馬《とうま》たちは五年前と現在、両方の事件に関わることのできる小学校関係者をプロファイリングした。

それらの条件に当てはまるのは——。

花《はな》ちゃん先生だ。

◇

夜見坂市は都市部まで電車で三十分という立地から、畑や田んぼを造成してサラリーマンのためのニュータウンを目指した時期があった。

今では開発が落ち着き、どちらかというとそこで育った子供たちが大人になって市をでてゆき、人口が減っていく段階になっている。

そんな行政主導の開発の名残を感じさせるのが、夜見坂市営団地だ。

川沿いに十二棟もあって、とても安い家賃で入居することができ、建設当時はたくさんの家族が引っ越してきたらしい。

でも俺が子供のころにはすでに廃れはじめ、空き部屋が多くなり、今では団地全体にどこか退廃的な空気が蔓延している。

花《はな》ちゃん先生の部屋はそんな市営団地にあった。小学校に連絡してみたら、先生が昨日から無断欠勤してることを教えられた。

それで花ちゃん先生の自宅があるこの夜見坂《よみさか》市営団地にやってきたのだった。花ちゃん先生の両親がこの団地に引っ越してきた第一世代で、つまり花ちゃん先生は第二世代だ。両親はもう亡くなって、ひとりで住んでいるという。

「お母さんからは団地には近づくなといわれてます」

雪見《ゆきみ》が団地内の公園をみながらいう。子供たちの姿はなく、遊具がなんだか物悲しい。

「最近、治安がわるいらしいからな」

俺たちは花ちゃん先生の部屋のある六号棟の四階に向かう。

最初、雪見は部屋に置いていくつもりだった。でも、ついてくるといってきかなかった。やはり責任を感じてしまっているらしい。

「予知、大丈夫か?」

非常階段をのぼりながらきく。

「表示されていません……私の予知は……」

黒猫の格好をして俺の近くにいれば、大丈夫らしい。

「早く月子《つきこ》さんを助けましょう」

花ちゃん先生の部屋の前まできたところで、雪見は唐辛子スプレーを構えながらいう。

団地の金属扉。インターホンを鳴らすが、反応はない。

俺たちは月子を助けたくて、気持ちが前のめりになっていて、窓を割ってでもなかに入りそうな勢いだ。でもそうするまでもなく、ドアノブに手をかけてみれば、扉は開いた。

「花ちゃん先生いますか～？」

警戒しながら部屋のなかに足を踏み入れる。玄関にはヒールが無造作に転がっていた。

「……靴のままあがりましょう」

「ああ」

なかはひどく無機質だった。物が全然ないのだ。かといってきれいというわけではない。靴を脱ぐのがためらわれるくらい埃《ほこり》が積もっている。普段歩いているのであろう廊下の真ん中だけ埃がないといった感じだ。

とりあえず入り口から近いところの扉を開けていく。俺が扉を開け、その後ろで雪見が唐辛子スプレーを構えるというルーティーン。

洗面所、お風呂場、トイレ。シャンプーや化粧品など、必要最低限のものが床にそのまま置かれていた。台所に食器の類はなく、カップ麵の空き容器がひとつだけ放置されている。

女性のひとり暮らしをイメージさせるかわいらしいものはなにもない。

心に問題のある人間が箱庭療法をするとなにも置けず、ひどく寂しい空間をつくりだしてしまうというが、まさにそんな感じだった。

「この部屋……こわいです……」

リビングには椅子がひとつあるだけだった。テレビもテーブルも、なにもない。床には少量の脱ぎ散らかされた衣服だけ。

「あと少しだけがんばろう」

最後は寝室だった。木製の扉を開ければ、ベッドが人型に盛り上がっている。なんだか、すごくイヤな予感がした。

「雪見《ゆきみ》は外で待っていていいぞ」

「いえ……ここまできたら、なんだって平気です」

雪見がベッドに向かってスプレーを構える。俺はベッドカバーの端をつまむ。雪見をみて、互いにうなずきあう。そして、一気にベッドカバーをめくった。

宙を舞う埃《ほこり》が、窓から差し込む光に照らされ、きらきらと光る。

ベッドにあったのは——人型に盛られた衣服だった。

「なんだ……」

そのときだった。突然、タイマー音が鳴りはじめる。音はベッドの上からする。

みれば、衣服の山のなかに、紙の小包が埋もれていた。しかもその小包にはデジタル式のタイマーが配線でつなげられていて、カウントダウンしている。
8、7、6――。
「伏せろ！」

俺は雪見を押し倒しておおいかぶさる。頭によぎったのはショッピングモールでの爆発だった。

しかし――。

小包についたデジタル式のタイマーはピピピピと間抜けな音を立てるだけだった。体を起こして小包を手に取ってみれば、本当にただ紙を丸めただけだった。

「悪趣味なことを……」

そのときだった。

「な、夏目《なつめ》さん！　上、上！」

まだ床にあお向けになったままの雪見が上を指さす。みれば、赤く大きな文字で天井いっぱいに書かれていた。

ゴゼンレイジフタリガオカ

◇

アパートへの帰り道、本物の黒猫が道路のわきにたたずんでいた。横切ると不吉だというから、俺はそれを防ぐべく黒猫に近づき、横切る前に拾いあげる。

首輪もしておらず、野良猫のようだが、なぜか俺に抱っこされても大人しかった。

「俺の前を横切るなよ〜」

そういって地面に下ろしたあとも、なぜか俺の後ろをずっとついてくる。

おいおいって感じだが、今は猫にかまっていられない。

「いくんですか？」

「ああ」

犯人が指定したフタリガオカというのは、郊外にある二人《ふたり》ケ丘《がおか》総合公園のことだ。山を切り開いてつくられた広大な施設で、体育館やテニスコート、博物館も併設されている。今、大砲の歴史展をやっている施設だ。池もあり、週末になると家族連れがスワンボートをこぎにくる。

ただ山の中だけあって、消灯後は真っ暗で、周囲には民家もなにもない。

つまり、誰も助けがこないということ。

警察内部に八月事件の証拠を握り潰している人物がいることは五年前から予想されているか

ら、月子《つきこ》が行方《ゆくえ》不明になっていることもうかつに通報できない。本当のところをいうと三木島《みきしま》だって信頼できるかわからないのだ。

「犯人に全部先回りされてるんですね」

部屋に戻ったあと、雪見《ゆきみ》がうつむきながらいう。

「あの部屋にくることもわかっていて、いつもいつも私たちは犯人の手の上で踊らされているみたいです」

勝てるはずがありません、と雪見はいう。前髪でその表情はよくみえない。

「夏目《なつめ》さんがいったところで、無駄です」

「大丈夫だ。俺はやる」

「いえ、無理です。無理なんです」

めちゃくちゃ悲観的なことをいう雪見。でも仕方ない。だってまだ小学生なのにこんなことに巻き込まれているんだから。感情的になるのも無理はない。

なんて思ったけど、顔をあげた雪見の目には強い意志が宿っていた。

「雪見?」

「だから……こうするんです!」

雪見は頭につけていた猫耳カチューシャをとると、折ってしまう。勢いそのままに、ゴスロリドレスも破り捨てながら脱いでしまった。

「お、おい！」

「黒猫をやめれば入れちがいになっていた死の予知は私に戻ってくるはずです。そして戻ってきました。完全に！」

つまり――。

「月子《つきこ》さんは死にません。必ず助かります」

「でもそれだと――」

「いいんです。完璧な私の人生において、誰かの犠牲で自分が幸福になるなんてダメなんです」

でも希望は捨てません、と雪見《ゆきみ》はいう。

「今夜、夏目《なつめ》さんが月子さんを助けることはまちがいありません。そのときにちゃんと犯人をやっつけてくれればいいんです。犯人が私を殺すタイミングは月子さんの殺害が失敗したあとです。それまでは生きているはずで、だから間に合います」

黒猫をやめる。

雪見の決意は固いようだった。

「私は夏目さんを信じます」

そういいながらも、こわいものはこわいのだろう。かすかに肩が震えている。

だから俺は雪見の頭に手を置いていう。

「俺にまかせろ」

◇

二十三時三十分、暗く静かな夜。

俺は自転車立ちこぎで、バイパスのわき道をのぼっていた。この時間では車が通ることもない。じっとりとした熱帯夜の暑さが肌にまとわりつく。

雪見は冬馬《とうま》にあずけた。一瞬連れていくことも考えたが、犯人から遠く離しておいたほうが安全だと思ったのだ。月子を助けたはいいが、連れていった雪見がその場で、となるのを避けたかった。

冬馬のお母さんは土地持ちの資産家で有名だった。冬馬が小学生のころ一度泥棒に入られたことがあって、それを機に厳重な警備システムを導入したと当時きいた。

「俺の家、まるで王室状態だぜ」

当時、冬馬はそういって笑っていた。それは今も変わっていなかった。

夕方、雪見を連れていったら、玄関に二人の制服警備員が立っていた。話をきいてみたら裏口にも二人いて、さらには室内に監視カメラの映像をモニターする部屋があり、そこにも一人常駐しているという。

俺は予知以外の事情を説明し、雪見が八月事件の犯人に狙われる可能性があることを伝え、かくまってくれるよう頼んだ。冬馬《とうま》は快諾してくれた。

「でも、この子が狙われるのがよくわからないな。五年前に殺し損ねた月子《つきこ》ちゃんが本命なんじゃないのか?」

きっと、そこにはなんらかのバタフライエフェクトがあるのだろうが、予知のことは秘密にしておきたいので、お茶を濁す。

「シティホールでさらわれかけたからさ」

「それもそうだな。ま、あがってくれ」

冬馬の家は鉄筋コンクリート製の二階建てだった。とても強度にすぐれていそうな角ばった建物だ。そして俺たちが通されたのは地下の部屋だった。

「セーフルームだ。ちょっと殺風景だが、非常用の電源もあるし、エアコン完備、食料の備蓄もある」

海外のセレブの家にあるやつだ。不測の事態が起きたときに避難できる部屋。当然、安全性が確保されている。

「八月事件の犯人は警察と内通している可能性がある」

「わかってる。もし警官がきても誰も入れない。警備は民間会社だから融通がきくんだ。この家のなかには誰もいれない。念には念をいれて、俺はこの家に残る」

「ありがとう、ちょっと雪見《ゆきみ》とふたりにしてくれないか」

冬馬に席を外してもらったところで、俺はいう。

「八月三十一日が終わるまで、ずっとこの部屋にいれば予知をやりすごせる可能性はある」

「そうですね。この部屋の鉄の扉はすごく分厚いようですし」

「ああ。月子がフルパワーでやっとって感じの厚さだ。いい子にしとくんだぞ」

夏目《なつめ》さん、と雪見はいう。

「知恵と勇気で未来は変えられる。それを私にみせてくれるんですよね？」

「今夜、証明するよ」

「もしそれができたら……」

雪見はもじもじしながらいう。

「私をペットにするの、本気で考えてくださいね」

「なんでそうなるんだ〜？」

「だって……」

雪見の態度は完全に恥じらう乙女のそれだった。顔を赤くして、照れながらいう。

「そんなカッコいいところみせられたら、アホみたいに好きになっちゃいますよ」

◇

なんてやりとりがあり――。

最終決戦。

その予感とともに、自転車をこいで上り坂をのぼる。二人ヶ丘《ふたりがおか》総合公園についたのは二十三時五十分。人の気配はなく、辺りは真っ暗だ。

総合公園は体育館もあれば野球場やテニスコートもある。二人ヶ丘にこいというメッセージだったが、一体どこに向かえばいいのか。

けれど、それはすぐにわかった。

併設している博物館。

有名な建築家がデザインしたという十階建ての正方形の建物、その屋上からこちらに向けて赤い光が明滅していた。

俺は、今から博物館の屋上にいくというメッセージを、春山《はるやま》くんと秋山《あきやま》さんに送る。冬馬《とうま》は雪見《ゆきみ》を守るため家にいるが、ふたりは距離を置いてついてきてくれている。犯人を刺激しないように敷地の外にいるが、なにかあったときには駆けつけてくれるという算段だ。

『気をつけて』『がんばってね』

ふたりから絵文字付きのメッセージが返ってくる。俺はスマホの待機画面だけで確認し、公園内、自転車を走らせて博物館に向かう。

すぐに夜空に黒くそびえる立方体が近づいてくる。昼には感じることのない威圧感。

外壁に取りつけられた金属製の階段をのぼった。夜風に吹きつけられると階段はきしんだ音を立てた。でもこわくはなかった。

勇気は雪見がくれた。

広々とした屋上の中心に、月子《つきこ》はいた。送られてきた画像の姿そのままに、目隠しをされて椅子に縛られている。その月子の正面にまるで対話でもするように、同じく民俗面の犯人が椅子に座っていた。その背格好はたしかに花《はな》ちゃん先生だった。

「月子を返してください」

俺はいう。しかし花ちゃん先生は同じ姿勢のまま動かない。その異様な静けさに違和感を覚える。次の瞬間、花ちゃん先生は力なく地面に崩れ落ちた。

なにが起きたかわからず、一瞬動けない。でも……。

「まさか――」

おそるおそる近づいて、民俗面をとる。背格好の印象通りやはり花ちゃん先生だったが、先生は意識を失っているようだった。しかも、手足を結束バンドで縛られている。

つまり――。

「先生が犯人じゃない!?」

そのときだった。風とともに、異臭が鼻につく。ガソリンだ。気づいたときには、屋上の四方が燃えていた。

ハメられた。犯人はここで俺たち三人を焼き殺すつもりなのだ。

「月子《つきこ》！　先生！」

俺はふたりの拘束を解き、頬を叩《たた》いて起こそうとする。息はあるようだが、先生はまったく目を覚まさない。こういうとき頼りになるのは月子だ。火事のとき、あえて爆風を起こして火を消すやり方があるときく。月子ならできるはずだ。

「月子、月子！」

「え……うぁ……？」

月子が薄目をあける。焦点が定まってくるが、どことなくその表情が幼い。

そして、あどけない声で俺に抱きつきながらいった。

「なちゅめ～!!　なちゅめ～!!」

「え、えええ～！」

月子は完全に幼児退行を起こしていた。五年前と同じように拘束されて、その恐怖を追体験させられたのだから無理もない。

「なちゅめ～!!　こわいよ～！　あ～ん！」

月子がしがみついてくる。

「たすけて～！」

「大丈夫、大丈夫だから。よ～しよしよしよしよし」

俺は気絶している花《はな》ちゃん先生を担ぐ。しかしこの状態で、月子の子守りをしながら炎を越えて非常階段で下りていくことはできなかった。

炎の勢いが強すぎて、近づくこともできない。

犯人は最初からこれを狙っていたのだ。五年前に殺し損ねた月子を殺し、いまだに事件を追いつづけている俺も始末する。

負けてたまるか。

目についたのは屋上に突きだした三角錐《すい》だった。ルーブル美術館を模してピラミッド型の天窓が取りつけられているのだ。

俺はふたりに煙を吸わせないよう姿勢を低くしながら天窓に近づき、蹴った。分厚いガラスだったが、踵が痛くなるくらい力を入れて何度も蹴るとガラスは割れ、数秒かけて床に落ちていった。そう、数秒。天窓のある場所は一階からこの屋上まで吹き抜けになっているのだ。

のぞき込むと、その高さに足がすくむ。

でも、俺には秘策があった。天井から一階にかけて、『大砲の歴史展開催中』と書かれた巨大な横断幕が斜めに吊るされている。さしずめ、布の滑り台だ。

「や、やだ〜!!」

勘のいい子供月子《つきこ》がダダをこねはじめる。

「滑り台好きだろ?」

「こわい〜!!」

それもそうだろう。布の上を滑るという不安定さに加え、天窓からそこまでジャンプしないといけないのだ。けれどもう猶予はない。炎がどんどん迫ってきている。だから俺はいう。

「とんだらアイス買ってあげるから」

「ホント?」

「しかも三つ」

「とぶ〜!」

月子、安いな〜! と思いつつ、俺は自分が冷静になる前に先生を担ぎながら月子に抱きつかれながらの団子状態のまま天窓から跳ぶ。見事に横断幕に着地、するするすると滑っていくけど、途中で布がくるりと裏返ってしまって、俺たちは落ちてしまう。でも下がちょうど水の張られた室内の噴水で、意外と水深があったおかげで無事に一階に下りることができる。

「アイス買って〜!」

ずぶ濡れのまままいう月子。

「帰りにコンビニでな〜」

そういいながら、花《はな》ちゃん先生を仰向けに寝かせる。息をしているからちゃんと無事みたいだ。そして、アイスより先にやることがある。

　俺はすぐに冬馬《とうま》に電話をかける。

「花ちゃん先生は犯人じゃない」

　ワンテンポおいて、冬馬が反応する。

『本当か？』

「ああ。花ちゃん先生も殺されかけた。多分、犯人は花ちゃん先生に罪をなすりつけて事件を終わらせるつもりだったんだ」

　おそらく犯人はまだ自由に動いている。

「今夜、雪見《ゆきみ》が狙われるかもしれない」

『それは安心しろ。警備員には総理大臣だっていれるなっていってあるし、知っての通り俺の家は頑丈だ。トラックが突っ込んできたって大丈夫な設計だ。しかし――本当に花ちゃん先生が犯人じゃないのか？』

「ああ」

　そこで、俺は少し考える。

　ほんの、小さなひらめきだった。ひらめきというより、直感だったかもしれない。俺は頭のなかにあるいくつかの手がかりをつなぎあわせていう。

「先生は犯人じゃない。今、月子《つきこ》の口のなかをみたが、チョコレートが入っていなかった」

『八月事件の犯人は被害者の口にイチゴのチョコレートを入れるってやつか。でも見落としじゃないのか？』

「いや、チョコが溶けたあとすらなかった」

『夏目《なつめ》、もう一度よくみろ。犯人が入れるチョコは三つだけだ。見逃してる可能性がある』

俺は冬馬《とうま》の言葉をきいて、黙り込む。

さて、どうしようか。

『おい夏目、どうした、きいてるのか？』

俺はいろいろな可能性を考えてから、いう。

「なんで三つって知ってるんだ？」

『え？』

「犯人が口にいれるチョコレートの数は報道されてないだろ」

報道されているのはイチゴのチョコレートが入れられているという事実だけで、個数が報道されたことはない。

『いや、警察関係者からきいたんだって。俺がそっち方面に知り合いがいるの知ってるだろ』

冬馬は一瞬うろたえたようだったが、すぐに冷静になっていう。しかし――。

「警察も数までは知らないんだよ。ある不良刑事が警察の内通者を疑って、チョコレートを全て抜き取っていたから。鑑識が発見できたのは溶けだしたチョコレートの痕跡だけだ。数を把握することはできない」

五年前、三木島《みきしま》は死体発見現場に一番に臨場して、チョコレートを全部抜き取っていた。

真犯人しか知り得ない事実をつくりだすためだ。

俺は第三の殺人のとき、三木島がチョコレートを回収するところに遭遇した。

つまり、チョコレートの数は俺と三木島、そして真犯人しか知り得ない事実。

これが俺と三木島が犯人かもしれない人間と対峙したときのために持っていた切り札。

『ひっかけたのか』

冬馬の口調は変わらない。

「ああ。本当はちゃんと口のなかに入ってたよ、チョコレート三つ」

となりで月子が、「食べた～！　おいちかった～！」という。

冬馬はきちんと月子の口のなかに三個、イチゴのチョコレートを入れていた。花《はな》ちゃん先生を八月事件の真犯人に仕立てあげるために、ちゃんとディテールまで同じにした。

なのに俺がチョコレートは入っていなかったというものだから、冬馬はいらないことをいってしまった。

それは狙い通りだったわけだけど、俺はそのことに喜びや快感はなくて、胸に穴があいたような寂しさとともに、それをいう。

「冬馬《とうま》、お前が犯人だったんだな」

沈黙。

そして通話が切れる。

雪見《ゆきみ》が危ない。

冬馬は八月事件の真犯人で、つまり強迫的に几帳面だ。そんな冬馬が描いていたプランは花《はな》ちゃん先生を真犯人にして、五年前に殺せなかった月子《つきこ》を殺すこと。つまり雪見はターゲットじゃない。几帳面さゆえに、なんとなくで雪見を殺したりはしないだろう。

ただ雪見は小学生の頃の月子と少し似ている。

冬馬が検討の末、月子の代わりに雪見を殺すことで妥協する可能性はあるし、なにより雪見を殺人犯と一緒の空間に置いておくわけにはいかない。

一刻も早く助けにいきたいところだ。

でも俺はどでかい博物館の真ん中で、幼児化した月子に抱きつかれながら、ぶっ倒れたままの先生もなんとかしなきゃいけない。どうするどうする、と考える。そのときだった。

「夏目《なつめ》くん！　大丈夫？」

春山《はるやま》くんが走って駆けつけてくる。

「どうしてここに？」

「遠くからみてたけど博物館が燃えてるんだもん。窓割って入ってきちゃったよ」

人懐っこく笑う春山くん。しかし、すぐに首をかしげる。

「どうしたの？　そんなに深刻な顔をして。みんな無事なんだろ？」

「……八月事件の真犯人がわかったんだ」

「え？　ホントに!?」

「ああ」

冬馬だったんだよ、と俺はいう。春山くんは最初信じようとしなかった。だから俺は、電話越しに冬馬が自分で認めたことも説明した。

「そんな……仲間だと思ってたのに……俺たちのリーダーだったのに……」

春山くんはいっとき絶句したのち、顔をあげる。

「でも、下を向いてはいられないね。とりあえずどうしよう、警察に連絡しようか」

「どうだろう。警察に内通者がいる可能性があるから、通報をもみ消されるかもしれない。冬馬のお母さんは会社を経営してるけど、お父さんはたしか小さい頃に離婚してたよな」

「冬馬のお父さん、夜見坂《よみさか》署の署長だよ……」

俺はすぐに三木島《みきしま》に連絡を取ろうとする。でも電話にはでない。とりあえず冬馬が犯人で、その父親が警察署長であることだけメッセージを送っておく。

「いくんだね？」

春山《はるやま》くんにきかれ、俺は「ああ」とこたえる。

花《はな》ちゃん先生を春山くんに任せて、月子《つきこ》だけ連れていこうと思った。冬馬《とうま》の家を突破するためには、さすがに月子の力が必要だ。幼児退行しているから能力が使えるかわからないけど。

なんて考えて、月子の手を引いて出口に向かおうとしたときだった。

後頭部に衝撃が走った。またか、と思いつつ、痛みで明滅する視界のなか、後ろを振り返る。

春山くんが展示品のトーテムポールを抱えている。それで殴られたらしい。

「ごめんねえ」

春山くんは相変わらず、やわらかく笑っている。

「え、ちょ、どういうこと？　え？」

頭くらくらして戸惑う俺に、春山くんはいう。

「夏目《なつめ》くんは犯人がひとりだと思ってたんだね」

「まさか――」

「正体を知ったやつがいたら、ヤらなくちゃいけないんだ。ごめんねえ、でも、ちゃんとヤらないと冬馬に怒られるからさ。へへへ、ごめんねえ」

トーテムポールを月子の頭に向かって振りおろす。俺は月子の手を引っ張ってそれを避けさせて、そのまま走りだす。

「に、逃げるんじゃない！」

同時にトーテムポールが眼前に迫ってくる。すんでのところでかわして物陰に駆けこむ。

深夜の博物館で、鬼ごっこがはじまった。

月子は幼いながらもこわいことが起きているのがわかるようで、「うわ〜ん！」とずっと泣いている。アイス食べたい、と脈絡ないこともいう。

「春山！　お前も犯人だったのかよ！」

俺は逃げながらいう。もうくんづけで呼ばない。博物館の床、硬質な足音が響く。

「そうだよ。冬馬のいうとおりにしていれば全部上手くいくんだ。それでいい学校にもいけたし、いっぱい楽しい思いもできた。五年前も、手伝ったら最後に月子ちゃんを好きにしていいっていってくれたんだ。なのに、僕がなにかする前に勝手に逃げだして……」

春山はずっと月子のことが好きだったらしい。

「じゃあなんで今、殺そうとしてんだよ！」

「だって月子ちゃん、完全に夏目のモノになってんじゃん！　どうせヤりまくりなんだろ！」

「やってねえよ！　まだ！」

「誰かのものになった月子ちゃんなんていらないんだよ〜!?」

俺は後ろを振り返る。春山の姿がない。でも、次の瞬間だった。展示物の巨大な石の柱がこっちに向かって倒れてくる。

間一髪避《よ》けたところで柱が大きな音を立てて砕け、粉塵《ふんじん》が舞う。俺は月子《つきこ》の口をおさえ、大きな石の棺の陰に身を隠す。

いきなり静かになる博物館。

春山《はるやま》も息を潜めている。静かに狙っているのだ。

俺は辺りを見回す。すると不安そうな顔できょろきょろしながら歩いている秋山《あきやま》さんをみつける。

委員長、と呼びかけて助けを求めるべき場面かもしれない。委員長というのは小学校の頃のあだ名で、秋山さんはいつも真面目《まじめ》で頼りになった。

でも、さすがにもう俺は気づいてしまっている。

秋山さんは俺をみつけて、にっこりとほほ笑む。

「そこにいたんだ」

手を後ろにしている。その背中にナイフを隠し持っている。さっき、ちらりとみえてしまった。なんなんだよ、と思う。

小学校の頃の、春夏秋冬カルテットってなんだったんだよ。犯人をつかまえたい、わるいやつをやっつけたいって思ってたの、俺だけかよ。

「夏目《なつめ》くん、大丈夫？」

秋山さんは聖母みたいな顔をして近づいてくる。

ショックを受けている余裕なんてない。俺は月子の手を引いて、また走りだす。

「ちょ、逃げるな〜！」

秋山さんはナイフを振りかざして追いかけてくる。

「死ね〜！　月子〜!!」

◇

八月事件の真犯人は冬馬《とうま》と春山と委員長キャラの秋山の三人だった。春夏秋冬カルテットの俺以外の全員ということになる。ずっと、騙《だま》されていたのだ。彼らは小学五年生にして、同い年を相手に八月事件を起こしていた。常軌を逸している。春山くんの態度をみるに、おそらく冬馬が主導だったとは思うが、一体なぜ、と思う。

模倣犯を探したのが何故かはわかる。吉村《よしむら》先生が新・八月事件をはじめたのがジャマだったのだ。過去の事件を掘り起こされたら、今をなに不自由なく生きている彼らは困る。だから小学校の学習ボランティアに参加して模倣犯を捕まえようとした。

ショッピングモールでの襲撃や、花《はな》ちゃん先生に罪を着せようとしたのは、過去の事件を完全犯罪にするための行動だろう。

とはいえ、やはりオリジナルの事件をなぜ起こしたのかはわからない。

しかし考えている暇はない。

ナイフを振り下ろして攻撃してくる秋山《あきやま》から逃げているあいだにも、春山《はるやま》に展示物の柱をばんばん倒されて攻撃される。殺意がすごい。

ちらりと倒れている花《はな》ちゃん先生のほうをみると、見事に無視されている。

三木島《みきしま》がいっていた。人間は基本的に同年代にしか興味がない、特に十代においては。

夜見坂市《よみさかし》の地理にくわしいことや当時の小学校関係者であることなども、三人は見事に八月事件の犯人像に当てはまっていた。

「でてこい！　夏目《なつめ》！」

春山の声が博物館内に響く。

俺は柱が倒れて粉塵《ふんじん》があがったタイミングで、物陰に身を隠していた。

「もご〜！　もご〜！」

月子《つきこ》が苦しそうな声をあげる。静かにするよう俺が口を押さえているからだ。

「手はなすから大きな声だすんじゃないぞ」

こくこくとうなずくから、俺は月子の口から手をはなす。途端、

「ふえ〜ん！」

月子が声をあげて、俺は急いで口を押さえる。そんなやりとりを五回くらい繰り返してか

ら、月子はやっと静かになる。

「アイス食べたい……」

ぐずる子供月子を連れてこそこそと博物館内を移動する。

「たいほ〜、たいほ〜」

月子が展示されている大砲を指さす。大砲の歴史展ということでそこかしこに海賊船に積んでいたような古い大砲があるのだ。ご丁寧に砲弾まで展示されている。

「よち、よち！」

月子がいう。そうだ、雪見《ゆきみ》のヘッドライン予知のなかには大砲の歴史展で展示物が破損するというものがあった。これ、そうじゃないのか。俺が大砲を撃って春山と委員長をやっつけるって未来じゃないのか？　そう思って砲弾をごろんと砲身の先からなかに入れてみる。でも。

「わかんね〜！　このあとどうすりゃ弾とぶの!?」

なんの知識もない俺に大砲を撃つことはできなかった。なんてやっていると、風を切る音がしたと思ったら轟音《ごうおん》、地面が揺れる。みればすぐ近くの床が粉々になっていた。煙と粉塵。あっちが先に大砲を撃ったのだ。

「月子、でてきなさいよ！」

委員長の声。

「そっちが変な能力持ってるのはわかってるんだから！　でもそんなのに負けるわけないで

しょ。火薬使えば同じなんだから。人間なめんな～！」

シティホールで雪見《ゆきみ》をさらおうとしたのは多分、委員長だ。だから女性の感触。用水路に落ちたところを俺がみたわけじゃない。春山《はるやま》がいってただけ。

そして、月子《つきこ》に金属バットを溶かされたから、月子がなにかしらの能力を持っていることも知っている。大砲を使っているところをみると、ショッピングモールの爆弾も委員長が用意したにちがいない。

「化学部魂～！」

また砲弾が飛んでくる。月子が、「ふえ～ん！　こわいよ～！」と泣きだしてしまう。位置がバレてしまうので、俺は月子を連れて場所を移る。砲弾、移動、砲弾、移動。

「自分がなにやってんのかわかってんのか～!?」

いってみるけど、委員長は俺のいうことなんて全然きいてなくて、建物はどんどんこわれていく。そして月子があまりの恐怖に動けなくなってしまう。

「もうちょっとだけがんばろう！　アイスいっぱい買うから」

「アイスいらない！　おうち帰りたい～！」

どうしたら月子は元に戻ってくれるだろうか。いつまでも幼児退行したままではいられない。

こういうときはショック療法がいいのかもしれない。そこで俺はひとつ思いつく。月子に十七歳であること、もう子供じゃないことを思いださせるシンボリスティックな行為。

「こんなときでごめんな。でも俺、ちゃんと月子のこと好きだから。月子と同じで、いつも素直になれないけどさ」

そういって肩をつかみ、ゆっくりと月子の薄いくちびるに、自分のくちびるを重ねた。これで元に戻って欲しいところだが――。

「ちう、好き！」

「え？」

「つきこ、ちう好き！　つきこ、なちゅめのこと好きだもん。もっとちうする。ちう！」

そういって俺に抱きついてきて、やたらめったらキスしてくる。言動は幼いけど、体は完全に十七歳で、その肌と体温とくちびるの感触。

「なちゅめ、好き、なちゅめ、なちゅめ！」

子供月子、めっちゃ素直だ。でも今必要なのはそういうのじゃなくて、だから俺はやむなく、月子の口のなかに舌を入れる。月子の目が驚きに見開かれる。そして。

「な、な、な、夏目《なつめ》～!?」

さすがに刺激が強かったようだ。

完全に元に戻った顔つき。そして超ツンツンモード。

「なんでキスしたの!?　こういうのはさ、こういうのはさ！」

質量のある物質が飛来する音。でもその砲弾は空中で燃え尽きてしまう。月子の瞳が赤く輝いている。

「クリスマスの夜におめかしして食事して、そろそろ門限あるし帰ろうかなってときに夏目《なつめ》がまだ帰りたくない、月子《つきこ》と一緒にいたい、とかいって、私はそうでもないけど夏目がそこまでいうなら仕方ないし長い付き合いだししぶしぶそれに付き合って――」

今度はまた石の柱が倒れてくる。もちろん、俺たちに当たる前に炎と共に爆散する。

「イルミネーションのきれいな公園をふたりで歩いて、私が寒そうにしてたら夏目が自分のしてるマフラーを私の首に巻いて」

砲弾が飛んできては空中で燃焼、石柱が倒れてきては爆散。

「夏目が私のこと好きって気持ちをもう我慢できなくなって、私はそういう感情よくわからないって顔をそらすんだけど、でも夏目は私を恋人にしたくてたまらなくて」

砲弾と石柱がこっちにくる間隔がどんどん短くなるが、炎もどんどん派手になる。

「肩をつかんで強引に私のくちびる奪っちゃう感じでやるものでしょ～！　初めてのキス～！」

こんだけ能力使ったら副作用すごいだろうな。

とか思っているうちに委員長が離れたところに姿をあらわす。となりには特大の大砲。

「月子～！　小学校のころからずっとあんたムカつくのよ～！」

委員長の姿をみて、月子の目つきも鋭くなる。

「私、秋山《あきやま》さんにムカつかれるようなこと、した覚えないよ」

「してる！　典型的な顔と体だけの女のくせに男をたぶらかして！　私が告白した男子、みんなあんたのことが好きっていって断ったのよ。バカ女のくせに！」

「わ、私はバカじゃない！　とても冷静で頭がいい！」

「中学のとき、教育実習の先生と制服着たままましたわ」

「え、ええ～!?」

「その先生、『顔がみえないように後ろからすると京野《きようの》とヤってるみたいで興奮する』っていったのよ！　なにそれ、ムカつく！」

「そ、それ私のせいじゃない！」

「高校生になって、月子のこと好きっていってた男子たち全員とヤったわ。でもあいつら、私のこと穴モテっていうのよ！」

「あなもて？」

「そういう清純ぶったとこもムカつくのよ！　死ね～!!」

実は裏垢《うらあか》系女子だった委員長が、束になった導火線を取りだす。どうやらそこらじゅうの大砲につながっているみたいで、一斉に発射するようだ。周囲の石の柱もちょっとずつ傾いて、同時に倒れてきそうになっている。

「夏目」

いつになく真剣な顔で月子がいう。

「本気でやっていい？」

全力で能力を使ったら副作用がすごいことになって、とてもじゃないけどそこから雪見《ゆきみ》を助けにいくことなんてできないだろう。でも多分、月子《つきこ》にはそれが必要なのだ。

過去の清算という通過儀礼。

「もちろん、好きにするといい。あとのことは俺にまかせろ」

「うん」

月子の両手、その立てた人差指と中指に赤い光が集まる。その光はまるでレーザービームのようにどこまでも伸びていく。

委員長が導火線に点火、少し遅れて鼓膜が破れそうな連続の砲撃音。震える大気。同時に石の柱が何本も倒れてくる。

次の瞬間だった。

「夏目《なつめ》、伏せて」

月子が両手を水平に重ね合わせながら、正面に向かって突きだす。伸びる赤い光。

そして月子は両手をぱっと開く。それは赤い閃光《せんこう》、炎のカッターだった。

光のあとに遅れて熱波がくる。空気が熱い。砲弾と石柱は消し炭になる。けれどそれだけじゃない。一瞬の静寂のあとだ。壁面にぐるりと赤いラインが入っている。それに沿って、建物全体の上半分がずれはじめる。

月子の炎の光線は、立方体の建物を斜めに切断してしまっていた。

建物の上半分が完全に滑り落ちたあと、天井があったところを見上げる。夜空に浮かぶ月がきれいだ。

「ま、いっか。ここも税金の無駄遣いって叩《たた》かれてたやつだし」

きっといらないものなんだろう。なんて感想を抱きつつ、委員長をみれば腰を抜かしてへたりこんでいた。完全に戦意を失っている。

そして同じように月子も立っていられないようで、その場にぺたんと座りこむ。

「大丈夫か?」

俺は月子の肩に手を置く。

「ダメ、今さわっちゃ――あ、うあぁっ!」

月子はそれだけで頬を赤く染め、体を二度、三度大きく震わせ、地面にこてんと倒れてしまった。

「ご、ごめん……私、もう動けない……夏目に……してもらわないと……」

そういって、甘く湿った吐息をはきつづける。

これは一晩中かかるだろうし、すごい乱れ方するだろうな、と思ったときだった。

「お前らやっぱヤりまくりなんじゃないか~!!」

春山《はるやま》がトーテムポールを持ってすぐそこまできていた。振り下ろされるトーテムポール。俺は月子《つきこ》に覆いかぶさる。しかしそのトーテムポールが俺まで届くことはなかった。春山《はるやま》は変な声をだして気絶する。その脳天にキャリーケースが叩《たた》きつけられたからだ。

「へぐぅえっ！」

「間に合ってよかった〜」

叩きつけた女の子は汗をぬぐいながら、涼しい笑顔でいう。

「今度は私が夏目《なつめ》くんを助けたいって思ってたんだ」

白瀬《しらせ》さんだった。こんな場面でもモデルっぽくて、なんだか絵になる女の子。俺はいろいろいいたいことはあるんだけど、とりあえずきく。

「なんでキャリーケース？」

白瀬さんは、「う〜ん」と少し考えてからいう。

「部屋にあるもので、一番硬そうだったから」

◇

白瀬さんは夏休みの宿題を全然やっておらず、夜遅くまで追い込みをかけていたらしい。そしてふと窓の外をみると、遠く二人《ふたり》ヶ丘《がおか》の方角が明るくなっている。それで絶対俺たちがなにかやっているにちがいないと思い、駆けつけたのだという。

彼女がきてくれたのはよかった。この場をまかせることができる。花《はな》ちゃん先生とか、犯人のふたりとか、なにより――。

「白瀬さん、お願いがあるんだ」

「なに？」

「月子を部屋まで運んでくれないか？」

「それって京野《きようの》さんの自宅の部屋？」

「いや……俺の部屋」

ふ～ん、といいながら白瀬さんはなにやら意味ありげな視線を投げてくる。でも。

「ま、いいよ。今回だけね」

そういって、やさしく月子を抱き起こす。かつて能力者だっただけあって、事情はわかっているようだ。しかし、そこでいたずらっぽい表情になる。

「京野さん、私のこと警戒してるでしょ」

「べ、別に私は……」

月子は副作用がかなり強いようで、息を切らしている。

「なんで？」

「だって、白瀬さん夏目のこと……」

「なに？　正直にいわないとこうだよ」

白瀬《しらせ》さんが月子《つきこ》の胸をさわる。その瞬間だった。

「だめっ！　うあっ、あぁぁあっ！」

月子が体を大きく反らし、何度も腰を跳ね上げる。とまらないようだった。そして駄々っ子みたいに首を横に振る。

「やなのっ！　夏目《なつめ》じゃなきゃやなのっ……夏目だけ……あっ……うあっ……あっ……」

そういいながら口の端から涎《よだれ》を垂らし、甘く喘《あえ》ぎつづける。

「白瀬さん、あまり月子をいじめないでやってくれ」

「う、うん……」

白瀬さんも顔を真っ赤にしながらいう。

「京野《きょうの》さんの体……え、えっちすぎる！」

そんな感じで、ちょっとだけイタズラされるかもしれないが、白瀬さんに任せておけば月子も安全だろうと判断し、俺は立ちあがる。

今からが、本当の最終決戦だ。

「ごめんね、ついていけなくて」

月子がいう。白瀬さんも、「大丈夫なの？」ときく。

俺はふたりに向かってピースサインを決める。

「大丈夫、クライマックスは外さない」

◇

冬馬《とうま》は自室でスマホの画面を眺めていた。

花《はな》ちゃん先生に罪を着せて屋上で京野月子《きょうのつきこ》を焼き殺す計画は失敗したようだった。しかしそれに備えて春山《はるやま》と秋山《あきやま》を送り込んである。ふたりからプラン通りにやったという連絡を待っている。

しかしスマホは鳴らない。

ふたりとも失敗したのかもしれないし、なんらかのトラブルで連絡が取れなくなっているのかもしれない。

とりあえず午前二時までは待ってみようと思った。それでも連絡がこなかったら、京野はあきらめて、代わりにあの雪見文香《ゆきみふみか》を殺して八月事件を完結させよう。そう考えていた。

雪見は小学校の頃の京野と外見が似ている。本人じゃないところが物足りないが、代用としては十分だろう。雪見が狙われるかもしれないと夏目《なつめ》がいいだしたときには驚いた。そのときすでにセカンドプランとして雪見に目をつけていたからだ。俺の心が読めるのか。もしくは未来が予知できるのか、と。

いずれにせよ、雪見か京野かは誤差の範囲内と解釈することにした。

そもそも冬馬はつい最近まで過去に自分が起こした八月事件について忘れていた。ニュースをみていたら新・八月事件が報道されていて思いだした。

そういえば、最後のひとりを殺し損ねたままにしていたな、と。

五年前にやり残した夏休みの宿題の仕上げをする感覚だった。春山も秋山もあの頃と変わらずいうことをきいた。春山という男は特に強い意思を持っていないにもかかわらず、漠然と成功したいというような気持ちだけは強かった。だからあいつの欲望に沿った明確なビジョンを与えてやればなんでもいうことをきいた。秋山は甘い言葉を囁いて抱いてやるだけだ。

「あいつら、本当に失敗したっぽいな……」

冬馬は時計をみる。もう雪見を殺してしまおうか。しかしやはり待つことにした。夏目が雪見を助けにやってきたところで、どうせこの家の中には入ってこれないのだ。なにより、月子をちゃんと殺せていたときに、雪見まで殺すと死体が余ってしまう。

八月事件の完結に必要なピースはひとつだけだ。

冬馬は生まれつき几帳面な性格だった。気持ちのままに遊んでいる同年代をみては、そんなことではやっていけないと直感していた。

生きていくためには規律が必要だ。遊ぶ時間も、勉強する時間も、きちんと自分を統制してコントロールしなければいけない。計画と実行。

八月事件が月曜日に誘拐、金曜日に殺害だった理由はシンプルだ。

土日はちゃんと休息をとる。それが冬馬《とうま》のルーティーンだ。

事件が八月で終了するのも当然だ。

学校が始まるから。

そうやって冬馬はしっかりと自分で基準をつくって、そのとおりに生きてきた。

だから今夜も、我慢強く午前二時まで待った。

「時間だな」

時計の針がぴったりになったところで、さっき自分が決めたとおりの結論をだす。春山《はるやま》たちは失敗した。だから代わりに雪見《ゆきみ》の死体をつくる。

地下室のセーフルームに向かう。鉄の扉を開いてみれば、雪見がこちらに向かって唐辛子スプレーを構えていた。

「お前ら、未来でも視《み》えてるのか？」

必ず誰かが殺しにくる。それを確信していないと、こうはならない。状況から逆算して考えれば、今夜、雪見を殺すことができるのは冬馬だけ。それに思いあたって、夏目《なつめ》はあの電話でチョコレートの数を引っかけてきたんじゃないのか？　冬馬はそう考える。

「まあいい」

雪見は子供だ。

冬馬はなんなくスプレーを叩《たた》き落とし、雪見の首をしめる。雪見が夏目の名前を何度も呼ぶ。

「くるわけないだろ」

冬馬は雪見の口のなかにイチゴのチョコレートを三個入れる。幼い頃、冬馬が百点をとると母親が必ずくれた数。

雪見はそれを吐きだして、まだ夏目の名前を呼びつづける。

京野《きょうの》といい、あいつはこういう系等の女に好かれるな、と思いながら雪見の細く白い首に当てた手に力を加えていく。そのときだった。

冬馬は驚く。その手をつかまれたからだ。誰も入ってくるはずのない場所。

みれば手をつかんだのは警備員だった。

なぜ？

いくつもの疑問が浮かぶ。セーフルームには入ってくるなといっていた。これまで警備員が越権的なことをしたことはない。こいつも始末しなきゃいけないのか？　一番、自分がコントロール下に置いているはずのこの場所で、どうして。

疑問はその警備員が話したときに解けた。

「服は象徴だ。自己表現でもあり、社会的なアイコンでもある。学生服、白衣、そして警備員の制服。自分がなにものかを示すためのある種の身分証であり、人はそれをたやすく信じる」

その警備員が制帽をとる。

「交代の時間だっていったら、簡単に中に入れたぜ」

いうまでもない。

夏目幸路《なつめゆきじ》だった。

◇

「夏目さん、ケンカ弱すぎです！」

雪見《ゆきみ》が叫ぶ。

冬馬《とうま》が雪見を後ろから腕で首を絞め、人質にしていた。手には起爆スイッチを持っている。

「動くんじゃないぞ。動いたらこの部屋ごと爆破するからな」

委員長のつくった爆弾が設置されているらしい。

膠着《こうちゃく》状態。

銀行強盗のリーダーに警備員の制服を超特急で用意してもらって、このセーフルームに乗り込んでくるまではよかった。しかしかっこつけて腕をつかんだところから殴り合いになり、押し負けてこういう状態になっている。

「あきらめろ」

俺は冬馬に向かっていう。

「この狭い部屋で爆弾を爆発させたらお前だってただじゃすまないぞ。おとなしく雪見を離して犯人として自首するんだ」

「そんなことするわけないだろ」

冬馬の目がせわしなく動いている。状況を確認して、頭を働かせているのだ。つまり、なにもあきらめていない。

「俺は今まで完全な人生を送ってきた。こんなところでつまずいてたまるか」

「完全な人生を送りたいなら八月事件なんか起こしちゃダメだろ。模倣犯まででて、俺に追いかけられて」

冬馬はいう。

「あれは感情の観察実験だったんだよ」

「人を上手くコントロールできるやつが人生に勝つんだ。学校のなかのヒエラルキーだけじゃない。どれだけ人を意のままに動かせるかが勝負だ。会社で上司に評価されるとか、取引先に気に入られるとか、全てが感情だ。動画の再生数もそうだ。群衆の快楽の感情を意図的に呼び覚ますことができればいくらでも伸びる。需要がわかれば、俺がそれを与えてやらなくても、中継ぎするだけでプラットフォーマーになって大儲《おおもう》けができる。なにかを自分でつくるよりプラットフォーマーになるほうが儲かるからな」

冬馬は五年前の夏、多くの人たちの感情を観察する実験をしていた。喜怒哀楽その全てを知ろうとして、人を喜ばせたり笑わせたりもしていたらしい。

「八月事件はなあ、恐怖を観察するための実験だったんだよ」

誘拐して、恐怖に陥った同級生を観察していた。死という究極の恐怖の寸前まで。

「京野《きょうの》は、暗闇が恐いみたいだったぜ」

冬馬《とうま》がいう。

「目隠しして倉庫に閉じ込めておくと、わんわん泣くんだ。面白かったよ」

俺は目の奥が熱くなるのを感じた。肩に力が入り、お腹《なか》のあたりからなんだかすごい感情が溢れてくる。言葉にすることができないくらいの強い衝動。

俺はじりじりと、冬馬に近づいていく。

「動くなよ、夏目《なつめ》。部屋を爆破するぞ」

「夏目さん、動かないほうが……」

雪見《ゆきみ》がおびえながらいう。でも――。

「知恵と勇気だ」

俺はいう。

「冬馬はボタンを押せない。あいつのいう完全な人生、間違いのない人生ってのはどこまでいっても自分、自分だ」

自分が勝つこと、自分がなにかを手に入れること、自分が失敗しないこと。

雪見も完璧な人生を送りたがっているが、そこが決定的にちがう。雪見は周りにいる人たちも幸せになることを完璧と考えている。だから俺や月子《つきこ》の死の予知を消すためなら、自分に死の予知がくることも受け入れる。完璧のなかに他者の存在とやさしさがある。

でも冬馬の世界には自分しかいない。

「ボタンを押せるはずがないんだ。一番大事な自分が世界から消えていいはずがない」

「俺をそんな甘っちょろいガキみたいにいうな。押すといったら押すぞ」

冬馬がボタンを掲げ、指を動かす。

その瞳には冷たい強さが宿っている。でも——。

「もし押せるんだとしたら、それは死ぬほどの爆発じゃないということだ。お前は計算高いから、爆発させて、自分が怪我をしたとしてもそれに乗じて逃げられると考えているんじゃないのか」

冬馬が顔をゆがませる。どうやら図星だったようだ。この男はリスクをとったとしても、その最後の基準はいつでも自分がどうなるかだ。

「こいつに大けがを負わせることはできるぞ」

冬馬は雪見の首根っこをつかみ、部屋の端に近づける。ステンレス製の棚がある。そこに爆弾が仕掛けられているのだろう。

「俺だってお前の行動を読める」

冬馬《とうま》はいう。

「お前はこいつが傷つかないことを優先する。瞬間の感情にとらわれているからだ。俺がこいつを連れて逃げたら、結局、こいつは死ぬ。でも怪我を負わせたくないという感情が勝って、俺を見逃すしかない。もっとひどいことになるのにな。頭で考えれば、あとで死ぬくらいなら、今、俺がボタンを押してこいつが大怪我したとしても、俺をつかまえたほうがいい。死ぬくらいなら怪我のほうがいいからな。でもお前はその判断ができない。お前はバカだからな」

「バカっていうな〜！」

「目先の感情にとらわれて先を考えられないやつは、いつでも失敗するんだよ」

そういって冬馬が雪見《ゆきみ》を盾にしながら出口にじわりじわりと近づこうとしたときだった。

「私は夏目《なつめ》さんを信じます」

雪見がいう。

「夏目さんも月子《つきこ》さんもちょっとおバカさんですが、私はふたりを信じます」

そして——。

「にゃあ」

と猫の鳴きまねをした。瞬間、冬馬が顔を引きつらせる。そうだ。雪見が猫になっていれば予知は消えた。猫となにかしらの因果関係があるということ。つまり——。

「やっぱり猫が苦手のようですね。真にパーフェクトで完璧な私は完全につるりとおみとおしなんです！　にゃあにゃあ、にゃあにゃあ！」

「二重表現するんじゃねえ！」

冬馬は本当に猫が苦手なようで、思わず雪見から手をはなす。そのすきに雪見が逃げようとするが、激昂した冬馬がスイッチを押す。

俺が雪見を床に押し倒して伏せたと同時に、脳が揺れるような爆発音と背中で感じる熱波と衝撃。

耳鳴りがおさまらないなか、なんとか立ちあがる。俺の体の下にいた雪見は気絶しているが無傷のようだった。

部屋のなかで火の手があがり、燃えさかる炎に囲まれようとしていた。

そんななか、逃げようとする冬馬が目に入る。俺は冬馬につかみかかった。

「周りをみろバカ！　焼け死にたいのか！」

「炎がこわくて月子のとなりにいられるか！」

冬馬と殴り合いになる。

「八月事件なんてつまんねえもん起こしやがって。なにが感情の観察だ、夏の自由研究だ。んなもん先生に提出できねえだろ！」

「提出しようと思ってたけどなあ！」

冬馬のパンチが鼻に入って、つんとして涙がでる。俺は思いっきり蹴り返す。

「お前の自由研究が先に提出されちまったらもうムリだろ」

「なんでだよ」

冬馬《とうま》に腕をつかまれ投げ飛ばされそうになって、でも冬馬の腕をつかみ返して、そのままふたりでごろごろと床に転がる。

「『殺人エンサイクロペディア』はかっこよすぎるだろ。そのあとだと俺の『人間観察日記』がチャチくみえちまうんだよ！」

「お前のステレオタイプなサイコ研究と一緒にすんじゃねえよ！　俺の殺人エンサイクロペディアはなあ、てめえみたいなやつをやっつけるための、正義の研究なんだよ！」

ふたりで転がって、最後は俺が上になる。

完全に優勢、勝負ありだ。

「お前みたいな失敗人間がよお」

冬馬がいって、俺はこたえる。

「俺は完璧だよ」

「どこがだよ」

「月子《つきこ》と雪見《ゆきみ》と、三人で映画を観られれば、俺はそれだけで一〇〇点なんだよ！」

そういって冬馬の顔面に頭突きをくらわせた。

◇

俺は火の勢いがおさまらない部屋のなか、気を失った雪見を抱きかかえる。

部屋の真ん中で、冬馬がのびている。

俺は少し考えてから、片手で冬馬の足をつかんで、引きずりながら出口に向かう。

「このまま死なせてくれよ」

冬馬がいう。

「もう俺の人生は終わりだ。完璧じゃない」

「そういう極端な考え、よくないぞ」

炎は部屋だけでなく建物全体に燃え移っていた。もうもうと煙の上がる廊下を歩き、なんとか外にでて冬馬を道ばたに放り投げる。

冬馬は完全に心が折れているようだった。

なんだか老けたようにもみえるし、なにかブツブツいっている。

「ずるいだろ……」

滑舌がわるい。口の中が腫れているのだろう。

「俺は京野《きょうの》か雪見、どっちかでよかったのに。どっちか殺せればよかったのに。どっちかくれよ……どっちかくれよ……」

「だ〜め」

俺は冬馬《とうま》の顔をのぞきこんでいう。

「どっちも俺の」

もちろん、これは冬馬を悔しがらせるためにいっただけだ。

◇

そこからはひどく慌ただしかった。

三木島《みきしま》がたくさんのパトカーを連れてやってきた。さすがにこれだけのことが起きて、いろいろと偉い人たちが動いたらしい。冬馬たちが逮捕されることはもちろん、冬馬の父親である夜見坂《よみさか》署の署長もすでに拘束されているという。

博物館の件は出火による火事と、手抜き工事による崩壊ということで世間に発表すると説明された。やはり能力の存在は隠蔽《いんぺい》されるらしい。俺は後日、たっぷり詳細について偉い人たちに語らなければいけないらしい。

「覚悟しとけよ」

三木島にそういわれた。

現場でそんな話をしたあと、雪見《ゆきみ》と一緒に病院に連れていかれた。怪我をしていたし、あちこち殴られたからだ。検査のあと、切れたところを縫ったり、絆創膏《ばんそうこう》を貼ってもらったりした。

雪見と一緒に病院からでたときには東の空に朝日が昇っていた。夏の早朝、空気が爽やかだ。

夏休み最後の日にラジオ体操にいくのもいいかもしれない。

「予知、どうだ？」

俺がきいて、大丈夫ですと雪見がこたえる。

「救急車のなかですでにヘッドラインは表示されていませんでした。私の予知も、月子《つきこ》さんの予知も」

「よかった」

俺と雪見は少しのあいだみつめあう。

「それで、能力はどうするんだ？」

「どうしましょうかね」

「俺はなにも無理強いできないけど……」

「だったらこのままにしておきましょうかね」

「ええ〜」

俺がいうと、「冗談ですよ」と雪見はいう。

「実はもう能力はありません」

「そうなの？」

病院のベッドで寝かされているときに考えたんです、と雪見《ゆきみ》はいう。

「未来っていうのは結果です。そのために努力するしかないんです。知っていたって知らなくったって、今できることを精一杯やるだけです。知ってたら知ってたでやきもきするとわかったので、神様に返しちゃいました」

病院のベッドで眠気が襲ってきたときに、そのまま寝て、起きたときにはヘッドラインは全てみえなくなっていたという。

「能力なくなって心細くないか？」

「大丈夫です、困ったときは夏目《なつめ》さんが助けてくれるって信じてますから！」

雪見の表情は晴れやかだ。そしてこれまであった大人っぽさが消えて、小学五年生らしいものになっている。

「あと能力返したときの約束、おぼえてますよね？」

「なんのことだったかな～」

「今から家いっていいですか？　私いいましたよね？　べろべろに惚れるって」

「ダメダメ！　絶対ダメ！　なんかまた危ない空気でてるし！」

それに俺は今からやらなきゃいけないことをひとつ残しているのだ。雪見もわかっているようで、「そうですかそうですか」とおとなしく引き下がる。

「さ、お家に帰りなさい」

少し離れたところにあるロータリーに三木島《みきしま》の車が停まっている。雪見を送っていくのだ。

「夏目さんって結局そういう人ですよね。まあ、いいです。時間はたっぷりありますし」

そこで雪見は、「あ」と声をあげる。

「夏目さん、なんか顔についてますよ」

「え?」

「ちがいます、もうちょっと右です。も〜、私がとってあげますよ」

そういうので、俺は雪見に顔を近づける。そのときだった。

「これは月子《つきこ》さんには内緒です」

そういって、俺のほっぺにキスをしたのだった。

「最近の小学生はませてんな〜」

「それでは!」

雪見は顔を真っ赤にしながら、タタタと小走りで去っていった。自分でやっておいて恥ずかしがるとはまだまだそこは小学五年生だな、と思った。

◇

俺は三木島《みきしま》に渡されたお金を使ってタクシーに乗りアパートに戻った。

疲れはあったが、それは心地よい疲れだった。なにせ雪見《ゆきみ》を救い、五年前の事件の犯人もつかまえることができたのだ。一件落着し、とても穏やかな気持ちだった。

アパートの階段を上り、鍵を差し込んで扉を開ける。

部屋に入ると、月子《つきこ》は布団にくるまってこちらに背中を向けていた。白瀬《しらせ》さんはちゃんと月子を送ってくれたらしい。今度、しっかりお礼をいおうと思う。

俺は月子に向かっていう。

「全部終わったよ。本当に、全部」

「うん」

月子が布団のなかから返事をする。

「夏目《なつめ》ならやるって思ってた」

俺はそれから洗面所で手を洗い、お湯を沸かしてコーヒーを淹《い》れる。椅子に座ってコーヒーの香りを楽しみ、口をつける。まだ終わってない夏休みの宿題を広げ、数学の問題集を数ページ解いてみたりする。

もう過去の事件に引っ張られることもない。新しい生活だ。

そうだ、洗濯もしよう。そう思い立ったところで、月子が唸《うな》りはじめる。

「夏目～！」

わかってるでしょ、といわんばかりの不機嫌な声。

「いや、ダイレクトにそっちいったら、またがっついてるって怒るじゃん、絶対」

「一晩もほったらかしておいて――」

そこで月子の言葉が途切れる。みれば布団が震えている。

今回の副作用、博物館を切断しただけあって、めちゃめちゃすごい。自分で声をだして、そのかすかな振動だけで感じてしまっている。

俺はとりあえず背中を向ける月子のとなりへいって横になる。ベッドの中は月子の体温で熱くなっていた。

月子がかかとで俺のすねを攻撃してくる。後ろ足で蹴る動物みたいだ。

俺はとりあえず月子の肩にふれてみる。それだけで月子は声にならない喘《あえ》ぎ声をあげ、体を緊張させる。

「夏目っ……がっつきすぎ……あっ……やっ……」

断続的に震える月子の体。

「ちょっと……夏目、欲情してるでしょっ」

「ああ。月子《つきこ》かわいいし」

「か、かわっ！」

次の瞬間だった。月子は自分の体にくる波を察知したのか、すぐに枕に顔を押しつけた。それから何度も体を跳ねあげる。俺が手を離したあとも、そのまま喘《あえ》ぎながら達しつづけた。

白瀬《しらせ》さんのいうとおりだ。月子の体、めちゃくちゃえっちになってる。

少し落ち着いたところで、俺は月子をこっちに向かせる。その表情はとろとろに溶けていた。

俺はそんな月子を抱きしめる。

「だめえ、今そんなのしたら、また……あっ……やっ……」

俺の腕のなかでかわいく震えつづける月子。それだけじゃない。

「なんで、そんな格好してるんだ？」

俺はきく。そうなのだ。月子は白いゴシックロリータのドレスを着て、同じく白い猫耳カチューシャをつけている。つまり、白猫になっている。

「これは……」

まだ強情さをほんの少しだけ残してる月子は口をとがらせながらいう。

「夏目《なつめ》、ハロウィンの日に白瀬さんに白猫の格好させるんでしょ？」

「いや、俺がっていうか、向こうがしてくれるというか」

「白瀬さん、絶対したくないと思う。白瀬さん、夏目のこと絶対キライだと思う」

「そうなのか～!?」

「うん。白猫のかっこうなんてさせられたら白瀬さんがかわいそう」

だから、月子が白猫になっているのだという。

「私がしてるんだから……もう白瀬さんのはいらないよね？」

そういうことか、と思う。

「わ、私だってホントはしたくないんだから。夏目のこと、全然好きじゃないんだから」

「だったら、さわるのやめとこっかな。好きでもない男にさわられるの、イヤだろうし」

俺がいうと、月子はきっ、と俺をにらみつける。

「でも……夏目は欲情してるんでしょ。さわりたかったら、さわればいいじゃない」

「…………」

「……さわりなさいよ」

「…………」

「……さわって」

「……」

「…………………………さわってください」

俺は強く月子を抱きしめる。月子は喘ぐ。月子のスカートをめくってみれば、内ももを雫《しずく》が伝っている。かわいらしい下着はすでに濡れて色が変わって、さらにシーツまでそれが溢《あふ》れだしていた。

「やだっ、みないでっ、みないでっ」

恥ずかしそうに顔を覆う月子《つきこ》。それでも俺がみつづけるものだから、月子はそれをみえなくするために体を密着させて抱きついてくる。そしてその自分でした行為で達する。

「あっ……やっ……」

もし、最後までしたらすごいことになるんじゃないだろうか。そんなことを考える。でも月子は腰を俺に押しつけながら、ダメ、という。

「それは能力がなくなってからするのっ、副作用があるときにしちゃダメなのっ……ひうっ！」

ダメといいながらめっちゃ押しつけてくる。俺のズボンが月子のそれで濡れていく。

「俺、この状態でまた我慢するの？」

「うん」

その代わり、と月子はいう。

「それ以外なら私の体、好きにしていいから。ね？」

俺はそれから月子の体をさわりつづけた。

月子の体はなにをやっても反応した。

「夏目《なつめ》、ダメだよぉっ、私、おかしくなっちゃうよぉっ」

ずっと喘《あえ》ぎ、乱れる。

「それ、だめっ、すごいっ、う、うあぁっ！」

とろとろにとけ、反らし、跳ねあげ、とめどなく溢《あふ》れさせつづけた。

「夏目、好きぃ……好きぃ……あっ……またっ……くるっ……」

結局、月子の体を慰めるのに八月三十一日の金曜だけでなく、土曜と日曜も使った。ご飯を食べるとき以外はずっとベッドの上にいた。

俺はちゃんと我慢した。月子の体を慰めるのにかかった三日三晩ずっとだ。

週が明けて、九月三日。

二学期の始業式に向かうため部屋からでると、隣の部屋に住む社会人の女の人と鉢合わせになった。女の人は月子の顔をみると恥ずかしそうに目をそらし、足早にエレベーターに乗り込んでいった。

喘ぎ声が壁越しにきこえてしまったのだろう。

月子本人は顔を真っ赤にしてうつむいていた。

「わ、私はわるくない！　夏目が調子に乗った！」

いずれにせよこうして月子の副作用もおさまり、事件は終わった。月子はまだひとりで下校していないから能力は残ったままだが、犯人も捕まったから、そのうち乗り越えられるだろう。

「夏目」

通学路。後ろからついてくる月子がいう。

「ありがとね」

◇

未来ってのは不確定で、ぐらぐらしてるものなんだと思う。

だからめちゃくちゃがんばれば変えられる。

逆に決まりきったと安心している未来でも、それはめちゃくちゃがんばった先にあるものので、力を抜いたら指の隙間から滑り落ちていってしまうものなのだろう。

今回、俺はそれを学んだような気がする。

「ちょっと雪見《ゆきみ》ちゃん、くっつきすぎ！」

「月子《つきこ》さんこそなんで猫になってるんですか！　これは私の専売特許です！」

今、俺のとなりには二匹の猫がいる。着ぐるみパジャマを着た月子と雪見。ソファーに三人でならんで座っているのだ。机の上にはピザの箱が積まれている。そう、あの日果たせなかった約束をこれから果たす。ピザを食べながら、一晩中映画をみるのだ。

「夏目《なつめ》はよくないよ。絶対ろくでもない大人になるから」

「じゃあ月子さんは夏目さんのこといらないですよね」

「え？」

「私がもらってあげます。月子さん、いつも夏目さんのことキライっていってますし」

「それは、その……と、とにかく夏目はやめたほうがいい！　私にはみえている！」

今回の事件が俺たちの未来にどう影響するかはわからない。地球の裏の蝶の羽ばたきのように、巡り巡ってなにかをもたらすかもしれない。それがよいものなのか、わるいものなのか。

それが起きたということは、もう起きる前と同じではいられない。

でも、となりにいるふたりが笑っているのをみると、きっと大丈夫なんだろう。

だから俺はとりあえずピザをかじって、スタートボタンを押す。

了

あとがき

読者の皆様こんにちは、作者の西条陽《にしじようよう》です。

少女事案《しようじよじあん》、いかがでしたでしょう。

雪見文香《ゆきみふみか》、京野月子《きようのつきこ》、白瀬由美《しらせゆみ》といったヒロインが登場しました。

雪見は大人っぽい小学生だけど、コーヒーにはどばどば砂糖とミルクを入れる気前のよい子供っぷり、月子は絵に描いたような火の玉ガールでめっちゃチョロく、白瀬は、私が猫になってあげよっか？　と返し技が鋭い印象でした。

皆様はどのヒロインがお気に入りでしょうか。

意外と委員長こと秋山《あきやま》さんが気になってたりするのでしょうか。

博物館のバトルでの、『化学部魂～！』はとてもいいセリフでした。書いていて楽しかったです。そしてあそこで、『あなもて？』と、首をかしげられる月子はヒロインとしてパーフェクトでした。

そんなノリで進行しつづけた物語でしたが、読者諸賢の皆様がお察しのとおり、この物語の本質は、正義の心を持った主人公の夏目《なつめ》がその正しさで悪に打ち勝つ道徳小説です。

あの五年前の夏の日、不良のお兄さんとかわした会話を胸に、夏目は常に正しい心を持ちつづけてるんです。正しいと思ったら、ダサくてもやらなくちゃ、ってことです。

少女事案は最も気高く、倫理観のある小説なんです。

メロンブックスの特典冊子のSSを読めばそれがわかるはずです。そのなかで夏目は、自分の名前を、『夏目倫理観』に改名したっていい、とさえいいます。

私は思います。

少女事案、教育テレビでアニメ化しちゃってもいいんじゃあないか、って。

ちなみに二巻では新ロリヒロインが登場します。夏目は彼女の能力で犬になってしまい、わるいことをするとそのダウナー系の新ロリに、「大人しくしなさい」とお尻を叩《たた》かれます。

さて、あとがきもいい感じに進行してきたので謝辞です。

担当編集氏、ガガガ文庫の皆様、校閲様、デザイナー様、そしてこの本をならべてくださる書店員の皆様、その他この本の出版に関わってくださった全ての皆様に感謝しております。ありがとうございます。

ゆんみ先生、格別素敵なイラストを描いてくださり、本当にありがとうございます。キャラの解釈が完璧すぎて、私の代わりに本文も書いて欲しい、と思いました。今後とも一緒に少女事案を盛りあげていけたら、と思います。よろしくお願いします。

そして最後に読者の皆様、重ね重ねありがとうございます。

今後とも正義と倫理の小説、少女事案をよろしくお願いします!!

GAGAGA

ガガガ文庫

少女事案
炎上して敏感になる京野月子と死の未来を猫として回避する雪見文香

西条陽

発行　2023年11月25日　初版第1刷発行

発行人　鳥光 裕

編集人　星野博規

編集　清瀬貴央

発行所　株式会社小学館
〒101-8001 東京都千代田区一ツ橋2-3-1
[編集] 03-3230-9343　[販売] 03-5281-3556

カバー印刷　株式会社美松堂

印刷・製本　図書印刷株式会社

Printed in Japan　ISBN978-4-09-453160-2